꽃으로 돌아오라

동인시 **2**

꽃으로 돌아오라

인쇄 · 2017년 4월 10일 | 발행 · 2017년 4월 16일

지은이 · 한국작가회의 자유실천위원회
펴낸이 · 한봉숙
펴낸곳 · 푸른사상사

주간 · 맹문재 | 편집 · 지순이, 홍은표 | 교정 · 김수란
등록 · 1999년 7월 8일 제2-2876호
주소 · 경기도 파주시 회동길 337-16(서패동 470-6)
대표전화 · 031) 955-9111(2) | 팩시밀리 · 031) 955-9114
이메일 · prun21c@hanmail.net
홈페이지 · http://www.prun21c.com

ⓒ 한국작가회의 자유실천위원회, 2017

ISBN 979-11-308-1091-1   03810

값 10,000원

세월호 3주기 추모 시집

꽃으로 돌아오라

한국작가회의 자유실천위원회

1

이 시집의 시인들이
2014년 4월 16일부터 불렀다

304명을
7시간을
팽목항을
안산 단원고를

아픈 봄을
아픈 몸을

그리하여 아픈 희망을 노래한다

2

그날이여 어서 오라

다시 해가 뜬다

가만히 있지 마라
사월 꽃들아 눈 부릅떠라

명찰을 떼지 않은 꽃아, 나비야
광장에 오라

이제 부활하라
꽃으로 돌아오라

2017년 3월 28일
한국작가회의 자유실천위원회

차례

너희들 교실에 그리움의 나무를 심을 것이다 너희들이 건너지 못한 바다에 기다림의 나무도 심을 것이다 세상 곳곳에 독버섯처럼 퍼져 있는 절망의 나무를 베어내고 희망의 나무 한 그루씩 마음에 심을 것이다 다시 봄이 오면 그 나무에서 꽃이 피고 새가 지저귀고 바람이 쉬었다 갈 것이다 얘들아, 그날이 오면 다시 수학여행을 떠나렴 친구들과 3박 4일 아름다운 추억 만들고 금요일엔 돌아오렴

피다 만 꽃들이 지네 영문도 모른 채 피다 만 봄꽃들 지네 닿을 수 없는 고요 저만치서 가만히 있으라 가만히 있으라 기다리고 또 기다려도 턱밑까지 바닷물 차오르도록 내미는 손길 하나 없어 죄 없는 꽃망울들 캄캄 물속으로 휩쓸리네

너희들이 가라앉은 바다 노란색 부표만 흔들리고 있었다 세상이 놓아버린 짧은 끈으로는 일으켜 세울 수도 없다 건져낼 수도 없다 비가 쏟아지는 바다 무섭고 두려워도 뒷걸음칠 수 없다 그러니 이제 부활하라 꽃으로 돌아오라 맹골수도에 성내며 더욱 붉게 피어나라

꽃으로 돌아오라

시

고통의 천 일이 지나고

공정배

팽목항에 가면 이제 막 꽃 피려던 망울들이 바다 깊숙이
침잠해 있다

벌써 천 일이 지나고 다시 또 천 일의 새로운 시작을 알리
는 그곳엔

검정색 추리닝 바람으로 삼색 선이 있는 하얀 슬리퍼를 신
고 와서

노란 리본에 매달려 기도하고 있는 어미들이 있다.

갈수록 희미해지는 아이들의 얼굴을 지우지 않으려고

살점이 떠나가는 바닷물을 두 손으로 움켜쥔 채

차가움에 떨고 있을 너희를 위해 통곡하는 아비들이 있다.

버러지들보다 못한 놈들의 지독한 농간에 자맥질하던 모
습은

모든 시간을 멈추게 만든 시커먼 바다에

노랗고 선명하게 너희들의 모습을 그려본다.

돌아올 수 없음을 알면서도 아이들은 사라지지 않고

바다를 떠돌아다닐 것을 알기에 노란 종이배 하나

곱게 접어 바다에 띄우는 어미와 애비들

천 일 동안 살점 다 뜯겨 바다를 헤매고 있을 너희들을 위해

어미와 애비는 가슴에 큰 바다를 만들고 있다.

이제 그만 생명이 시작된 자궁으로 돌아오라고

붉은 달이 전하는 말

권순자

달을 질겅대며 씹는 파도
몹쓸 슬픔을 뱉어내는
고통을 게워내는 달, 물에 빠진 달

허공을 버린 달이 파도에 씹히고 씹혀
어제는 꿈결처럼 아득해져간다

숨죽이고 바람을 견디던 몸이
순결한 꽃처럼 피무늬 남기는

한때 절름거리던 청춘이
허공을 흔들며가던 푸른 휘파람이
밤거리를 쏘다니고
이젠 어디로 갔나
끈질기게 붙어다니던 기침
치열한 봄날
목구멍을 죄며 끝없이 질문을 갈구하는 입술

한생을 빠져나가느라 수도 없이 소용돌이치고
배회하는 발, 발길들

나의 노동은 표시가 나지 않는 이상한 셈법
심술궂은 바람이 심장을 강타해도
감정은 판독이 불가능해
물속에서 부글부글 거품을 뿜어대는
좀스럽기도 하고 독하기도 해

소멸의 단추는 눌러진 지 오래
붉은 상처라고 붉은 울음을 울지는 않아
허공을 움켜쥐고
바다로 도망친 발을 원망해
무시무시한 소리들이 밤마다 살아남아
바다 위를 달리고 달려

바람도 주문을 욀 줄 알지
침묵이 햇살에 반짝이면 무서운 칼날로 번득이지

강풍보다 더 무서운 침묵을 상상해보았니
가여운 밤이 부서져 흩날리는 걸 본 적이 있니
어둠이 부서져서 아프게 휘날리는 밤바다
폭풍에 흉측하게 찢긴

절망보다 더 깊이 가슴이 찔린
핏빛 발들이 춤추는 바다

물고기들도 숨죽이고 가끔 껌뻑거리며
죽은 자들의 눈을 감겨주는
잠든 바다
잠든 세상

뒤척이고 뒤척이다 잠든 세상, 잠든 바다
바다에 뜬 달이 실낱같은 몸을 쪽배처럼 띄우고
잃은 목숨을 찾아, 찾아서 헤맬 때.

아무도 없었다
— 진도 팽목항에서

김경훈

거기, 방파제 중간쯤
주인 잃은 신발들만
걸음을 멈추고
아무도 없었다
눈앞에서 뻔히
모든 걸 삼킨 바다에도
이어중간 구름길 바람길에도
피울음 삼킨
먹먹히 에인 가슴들만
빈 하늘에 나부끼고
거기, 살아 있는 이
아무것도 없었다
다만 눈 감고 뻔뻔히
조난된 정부
해체된 국가만
비닐 쓰레기로 날리고 있었다

분노가 희망이다

앞뒤나 위아래라는 말을 쓰고 싶지 않지만
여기 구태여 사용한다면
진실은 거짓에 앞서고 그 위이다

아직도 밝히지 않는 세월호 일곱 시간과
그 모든 부조리들을
얼버무리고 부인하는 그 몇 마디 말들이
진실인지 거짓인지 궁금하다

살아 있는 사람들에게 삶은 죽음보다 앞서고
그 위이기도 하다
그런데 죽음을 가볍게 여겨서인지
다른 의미심장한 그 무엇이 있어서인지
개인사적인 삶의 한 속성인지

사람들에게 끝내 그 해답을 내놓지 않는다
실체를 알 수 없는 그 수렁 같은 미궁 속을
얼마나 더 헤매어야 하는가

이게 나라인가

분노가 일어나지 않을 수 없다
사람들로 하여금 촛불을 들게 했다
촛불을 들었다 광장을 수놓았다
그것은 수장된 아이들을 대신하는 분노였고
모든 거짓에 대한 가슴앓이였다

분노, 분노가 진실을 밝히는 희망이다

큰물로 솟구쳐서

김광철

신나는 여행길에 부모 형제들한테 문자를 보내며
그 해맑은 웃음은 봄날을 가르고 있었지
배는 기우는 것 같지만 그래도
선실 방송을 믿으며
떨리는 몸, 불안한 마음은 옆 친구들 서로 끌어안고 달래며
엄마, 아빠, 선생님, 하느님을 찾으며
어른들의 말씀이니까 믿으면서

어른들이 만들어놓은 법과 질서라는 틀 안에서
우린 그렇게 길들여져와서
어른들이 쳐놓은 울타리를 감히 넘을 수 없었던 거야
우린 양계장의 닭들처럼 길러져와서

모험도, 용기도, 도전도 용서되지 않은 세상에서
양계장의 병아리로 부화했었던 거야
이미 나의 몸속에는
순응의 디엔에이가 똬리를 틀고 앉아
좋은 대학 나와 좋은 직장 들어가서
잘 먹고 잘 사는 미래를 그리라는 주문을 외우며
조여오는 시대의 노예가 된 지 오래다

배가 가라앉는데 물로 뛰어들 엄두도 못 내고
그저 어른들이 시키는 대로만 하면 다 되는 줄 알았지만
끝내 그들은 우릴 버렸어

바꿔야 해
뒤집어야 해
교육도, 정치도, 세상도……

맹골수로의 용이 되어 물오름으로 솟구쳐 올라
이내 세찬 장대비로 쏟아져 내려와
굴종의 시대,
이 야만의 시대를
다 쓸어버리고 퍼질러 앉아
큰 소리로 목놓아 울며 부르는 거야
진정한 자유와 평등의 정의로운 세상이여 오라

비밀의 바다

김 림

유난히도 푸른 아침
출구는 봉쇄되었다
배는 사람들을 가둔 채
천천히
시야에서 사라졌다
비밀의 바다

갈매기는 날마다 소문을 실어 나르고
팽목을 지키는 걸음엔 굳은살이 쌓여간다
들려오는 소문에는
세 해 전, 문을 연 물속 학교에서
가끔 불빛 환한 수업종이 울린다고도 하고
여섯 살 아이 혁규가 바닷속 운동장 한켠에서
놀이에 열중한 채 지는 해를 잊는다고도 했다
죽음 건너에서도 마냥 환할 것만 같은 얼굴로

이제 그만 수업 끝종이 울리고
문 닫은 학교를 저벅저벅 걸어 나와 집으로 돌아가면
불 꺼진 창마다 환한 웃음 번지고
퇴근하는 아버지의 그림자를 따라온

피자 냄새만으로도 금세 떠들썩해지는 집
눈썹이 하얗게 센 아버지 선잠 속으로 돌아오는 아이

해가 얼굴을 가린 채 울고 가는 팽목에서
진실은 여전히 봉인된 채 수장 중이다

내가 어디에서 당신을 보면 좋겠습니까

김명신

아직 거기 있습니까

그날이 통째로 빠져 있는 곳
그날의 심장이 묶여 있는 곳
그날의 눈동자가 굴러다니는 곳
그날의 손톱이 입술이 목소리가 회오리치는 곳

아직 따뜻합니까
아직 견딜 만합니까
조금만 기다려달라는 입술의 떨림을 믿고 있습니까

벌써 3년입니까 아직 3년입니까
돌아오지 않은 그대들을 어디에서 보면 좋겠습니까

우리는 서로 위로가 되는 생명입니까
우리는 은폐 조작의 달인입니까

신발을 벗어놓고 떠난 것도 아닌데
옷을 벗어놓고 떠난 것도 아닌데
말을 남겨두고 떠난 것도 아닌데

웃음을 내려놓고 눈물을 숨겨놓고 떠난 것도 아닌데
우리는 그저 통곡의 바다를 향해 저물어가는 어둠살입니까

20140416의 바다에서 묻습니다
우리는 살았습니까
우리는 통곡입니까
우리는 떠오릅니까
우리는 진실입니까

아직 질문입니까,

너는 나의 봄이다 말하리

김명지

삼 년,
너를 놓치고도 밥을 먹고 차를 나누고
잠을 잤었다
잠속에서 꿈도 아닌 것을 붙잡고
빙빙 돌다 멈춘 어느 지점
그곳이
잠을 버리고 꿈도 놓치고
결국은 목 놓아 너를 부르는 그 지점
그래 여기로구나 팽목!

다시 해가 뜬다

잘못된 밤

김선향

밤이 끝날 무렵 품 안의 핏덩이는 싸늘하게 식어버렸지 빈 민촌 골목 끝에서 택시를 기다리는 사이 응급실을 전전하는 동안 아기는 울다 지쳤지 옅은 숨은 파르르

어린 생명의 죽음이 임박한 때 그녀는 늙지 않는 주사를 맞으셨다지 만면에 미소를 띠신 채 고이 잠드셨다지 내일이면 얼마나 더 젊어질까, 얼마나 더 예뻐질까

아침이 오자마자 그녀는 거울을 보면서 거울아 거울아, 세상에서 누가 제일 예쁘니? 종달새처럼 지저귀네 더러운 거울 위로 분홍 꽃잎이 떨어지네

다시 4월에
— 세월호 참사 1주기에

김여옥

밤사이 앞마당 목련은 환한 미소로 다시 오고
이 땅을 빛 부시게 찾아온 홍매화 그리고
선혈 낭자히 처연한 마량포의 동백
네 목울대의 떨림처럼 홍원항에 봄비는 내리는데
끝내 돌아올 줄 모르는, 나의 너여

네가 떠나던 날의 그 아우성들이
빛이 다 바래버린 흑백사진처럼
시나브로 희미해져만 가고
다시금 소리 없이 울려오는 조종 소리
귀 기울여 듣는 이 몇몇인가

지금 대한민국은 안온하여라
네 생꽃다지 꺾여 나에게 되짚어준 진실
세월호와 함께 바다 깊이 수장한 채
눈멀고 귀먼 자들의 평온한 나라
대한민국은 참으로 아름다워라

부디 나의 너여, 이젠
지상에 떨궜던 그 고운 눈매 거두고

천지에 4월 봄꽃 향기 찬연한

창공을 노래하는 새가 되어라

높고도 청아한 휘파람새가 되어라

그날 이후

2014.04.16.
그날 이후 가슴에 슬퍼서 아득한 우물 하나 생겼다

작별 인사 한마디 없이 자식을 잃은 엄마는
눈물은 눈에서만 흐르는 것이 아니더라고
온 얼굴 구멍마다 샘솟듯 흘러 멈춰지지 않더라고
타임머신이란 것이 있다면
그날로 돌아갈 수 있는 기적이 일어난다면 하다가
할 수 있는 것이 없어 가슴을 치다가
건너편 길에 그만 한 아이가 지나가자 눈을 떼지 못했다
한 번만 만져보고 싶다고……

명랑 발랄했던 아이들의 정직한 아버지들과 겸손한 엄마
들은
영문도 모르고 죽어간 아이들에게 미안해서
살아 숨 쉬고 먹고 사는 것이 죄짓는 것만 같아
진실을 알려달라며 뙤약볕 아래 눈물의 길을 내고
달포가 넘도록 곡기를 끊었으며
맨 몸으로 물대포를 얻어맞았고
무릎이 닳도록 절도 했지만

진실의 길은 멀고도 막막하여
온 우주를 잃은 아픔이 생애 가득 새겨졌다

억겁의 세월이 가도 잊어서는 안 되는 일을
누가 무슨 연유로 한사코 그만두라 하는가
진실은 여전히 묻혀 있고
그날을 생각하면 한정 없이 출렁대는 슬픈 우물 또한
아직까지 조금도 메워지지 않았다

왜곡과 무지로 점철된 시간들을
깡그리 모아다가 실체를 확인하는 그날,
그날이여 어서 오라
우리가 함께 그날을 만드는 것
사람으로 살아간다는 증거다

그들이 돌아와야 봄이다

김이하

기다리는 사람은 오지 않고
꽃잎들, 저 깊은 바다에 가라앉은
봄을 잃어버린 사월이다

꽃향기 세상에 흩기도 전에
하르르 무너진 그 계절
꿈인가 생시인가, 다시 보면
아픈 가슴 언저리

사람이 돌아오지 못한 4월
어디선가 무거운 닻을 끄는 소리
아닌가, 바드득 이를 가는 소리였나

한숨의 깊이만큼 가라앉는 삶
얼마나 더 깊이 가라앉을 것인가
그리움과 안타까움이 사무치는 깊이

바다는 더욱 깊어지는가
사월은 더욱 어두워지는가
돌아오지 못한 사람들

그들은 이 봄에 올 것인가

무거운 닻을 풀고
검푸른 바닷물 풀어헤치고
다시 봄빛으로 물든 사월을 맞을 것인가

조은화, 허다윤, 남현철, 박영인, 양승진, 고창석, 권재근,
권혁규, 이영숙
그 사람꽃들,
그들을 다시 봐야 봄이다

그러할 연(然)

김자흔

넌 자그마한 새 같았지

메마른 겨자 눈빛을 하고 있었어

마주친 한낮은 중력보다 더 낮아
고요한 슬픔으로 흔들렸지

그 시간은 아주 짧고도 또한 아주 길어
흐르는 숨소리조차 초침으로 움직였지

(……갑작스런 소낙비……)

가엾게도 바닥에 떨어져 내린 건
젖은 행성이 아니라
겨자 빛 마른 네 눈물이었어

우주 행성 어디서 날아왔든
지구 바다 어디서 들려졌든

기진맥진 열여덟 해의 시차를 거쳐

여기 내게까지 와 닿았으니

쉿! 아가야 울지 마

넌 이제 나비 혼이야
필사적으로 날아오른
뜨거운 바다 속 내 나비 혼이야

그래 그래
넌 아주 작은 새 같았어

세월호 생존 여학생의 자유 발언

김정원

바다에서 승천한 별들이
오늘 밤은 모두
광화문 광장에 내려와
이렇게 촛불이 되어 어둠을 밝힙니다

벌써 1000일이라지만
제게는 하루도 지나지 않았습니다
제 시간은 여전히
그날에 멈추어 있습니다

바뀐 것이 아주 없고
밝혀진 것이 하나 없습니다

몸서리치게 친구들이 보고 싶을 때는
기도를 합니다
오늘 밤에는 꼭 찾아오라고

그런데 친구들은 좀처럼 나타나지 않습니다
꿈에도

친구들의 원한을 풀어주지 못해서일까,
자책도 합니다

물론, 그들은 저를 책망하지 않을 것입니다
수구 정치인들처럼 속이 좁쌀만 한 애들이 아니니까요

저는 진실을 기필코 인양할 것입니다
파렴치하게 진실을 감추고 증거를 없애면서
변명과 외면과 무시와 거짓을 일삼는
대통령과 그 부역자들이 모조리
혹독한 죗값을 치르게 할 것입니다

그래야 나중에 친구들을 만나
울면서 웃을 수 있지 않겠습니까?
웃으면서 울 수 있지 않겠습니까?
웃으면서 울고, 울면서 웃고
서로 위로할 수 있지 않겠습니까?

어둠은 빛을 이길 수 없습니다

세월호 그날,
2014년 4월 16일을 기억하는 방식

김지희

팽목항에서 어이 없이 죽은 아이들이 꿈에 나타납니까?
거울 속에 그날이 있고,
아이들은 꿈속에서 잠을 자며
보이지 않는 구명조끼를 헛되이 찾던가요

세월과 함께 아이들은
아직도 사진처럼 미소 짓고 있나요
아니면 두려움에 달빛처럼 얼굴이 창백하던가요
추위를 이야기하나요 아니면 새에 대해 말하던가요
살해당한 아이들은
누가 자기를
깊은 바다에 묻었는지 기억하던가요
그들을 살해한 배후에 누가 있었는지…… 정치적인……
공포 애원 아니면 구원의 눈빛이 담겨 있었나요
손에는
거짓보다 한발 앞서가는 진실을 들고 있었나요
이름은 사망 시간과 날짜는……

따뜻한 봄을 향해 전진해야 한다는 그날
우리 아들과 딸의 대화 속에 아이들과 아무런 관련 없는

자신들의 마지막 말을 갑자기 이유도 없이 바다 밑창에 끼워 넣어야 했던 그날
불행한 이 땅에 나도 함께 있었어요
바다 아래 입술이 시퍼렇게 된 채 몰살돼 있는 아이들을 꺼내지도 못하는
이 무자비한 일을 나도 겪고 있었어요

우리 아들과 딸들을 이유도 없이 바다 밑바닥으로 밀어 넣은
비리로 얼룩진 무자비하고 무정한 이 나라에서
나는 달빛에 어른거리는 피 속의 바다처럼 잠을 자네요
이 땅에서 모두 앓고 있는 정신의 병 무감각에서 얼른 깨어나야지요

세월호 법칙

김진수

표 끊을 때 한 번 개찰할 때 한 번
이고 지고 무거운 짐을 또 내려놓으란다
이번엔 승선장 앞에서 한 번 더 검문이다
고쟁이 속 깊은 곳을 한참이나 더듬고서야
여객선 승선을 겨우 허락받으셨다

꾸부정한 노친네 기어이 화나셨다
야 이놈들아, 이 할 일 없는 놈들아!
섬사람이 무슨 죄를 졌냐? 나라를 팔아묵었냐?
내 일평생 섬사람으로 살아왔지만
양 손에 든 짐보다 주민등록증이 더 무거워 보기는
내 생전에 처음이다. 이 썩어 자빠질 문디이 개자석들아!

빛나는 바다의 부활
— 김현동 씨의 딸 다영이를 위해

김창규

2014년 4월 16일

팽목항을 배로 지나가며
제주도를 향해 가는 배에서
아직 뜨지 않은 별을 세어본다
304개의 별들이 일제히 떴다

바다 속에 9개의 별들은 하늘을 향해 있고
나머지 별들은 손을 잡기 위해 줄을 이었다
노란 별들은 따뜻하다

별들은 가슴에 리본을 달고
바다에는 우리가 알지 못하는 별들이 떠 있다
다영이 아빠가 말한 별은 안산 단원고교
수학여행 아이들의 머리 위에 빛나는 별이다

한라산 백록담 떠오른 화성 크기의 별
295개의 별들이 연결되어 있는데
아직 9개의 별은 바닷속에 있다

2015년 4월 16일

진도 팽목항 봄이 왔다
진달래와 벚꽃도 소월의 시처럼 피었다 지고
다영이네 집 밖에도 봄꽃이 만발했다
아버지는 아직도 잊을 수 없다
빛나는 별은 다영이 별
바다에서 별이 되어 걸어 나왔다

유민이 아빠가 단식을 그만두고
진실이 밝혀질 줄 알았는데
다영이 아빠는 그렇게 믿었는데
아직도 아이들 방은 그대로
책가방과 옷들도 그대로 걸려 있다

아빠 하고 부르며 다영이가 들어왔다
그 뒤로 찬란한 빛이 보였다
너무 기뻐서 눈물이 났다
생생하게 꿈을 꾼 것이다

아빠 힘들지 바다에 자주 오지 마

우리 모두는 별이야 아빠 집에서도 보여
예쁜 별이지 아빠 가슴에도 빛나
아빠가 말하는 대로 잘 크고 있어
저기 보이지 제일 크게 빛나는 별

2017년 4월 16일

아빠, 오늘은 부활절 아침이야
다영이가 다시 태어난 날이지
나는 아빠가 좋아 내가 세상에서 가장 좋아해
아빠가 믿는 하느님과 함께 있어
예수님도 처음 만났고
그래서 나도 다시 집으로 돌아갈 거야

친구들은 같은 날 별이 되었다
그래서 팽목항에 부활절 달걀을 가지고 가고
아이들이 좋아하는 것들 만들어 가지고
진도 팽목항 바다에 간다
바다가 노래한다

다뜻한 별들이 떠오른다

드디어 9개의 별을 295개의 별과 손잡고
힘차게 함께 일시에 떴다
304개의 별들의 진실이 노래한다
아빠하고 함께 만날 날이 오면
다영이의 소원을 들어주세요

그래 울지 않을게 정말이야
너를 꿈속에서라도 만날 수 있도록
다영아, 자주 찾아와다오
너를 꿈꾸는 것이 행복하다
아빠가 너를 사랑하는 줄 알지
친구들에게도 안부 전해라

너희를 위해 기도하는 사람들이 많이 있어
누군지 모르지 안다고 하면
네가 별이 되어 바다를 항해하는
모든 배들을 지켜주고 있기 때문이지
바다의 부활절이야

사월 꽃들 눈 부릅뜨고

김채운

피다 만 꽃들이 지네
영문도 모른 채
피다 만 봄꽃들 지네
닿을 수 없는 고요
저만치서

가만히 있으라 가만히 있으라
기다리고 또 기다려도
턱밑까지 바닷물 차오르도록
내미는 손길 하나 없어

죄 없는 꽃망울들
캄캄 물속으로 휩쓸리네
삼백넷 꽃숭어리
차디찬 심연으로 처박히네

슬픔은 가슴보다 커서
이 악물고 두 눈 질끈 감아도
피 토하는 울음 속울음 그치지 않네
4·16에 멈춰버린 세월

그렇게 사월은 세월을 붙들고 놔주질 않네

팽목항 떠도는 바람이
천지사방에 우악스레 부르짖네
가만히, 가만히 있지 마라
사월 꽃들아 눈 부릅떠라
사월 새잎들 시푸르게 일어나라

4월 16일 멈춤에 대해

김형효

웃음이 넘치던 봄날
꽃망울이 막 터져오던 아름답던 그날
2014년 4월 16일 그날은
맑은 눈망울이 찬란하던 삶을 기약하듯
모든 것이 가능한 세월이었다.
너는 그랬고 너희들은 그랬다.
4월의 빛처럼 대지가 싹을 틔우고
4월의 바람은 희망을 불어왔다.
그러던 어느 날, 그날 우리들의 걸음은 멈추었다.
그날 너와 나 우리들은 숨을 멈추었다.
그날 이후 그 물속에 이야기가 산다.
너는 너대로 떠났고
나는 나대로 떠나 멀기만 하구나.
하지만 너희들 304인의 영혼은
오늘도 물살을 가르며 눈물을 씻고 있어
저 멀리 서해바다에서 동해바다 남해바다
저 시리고 시린 북해바다에까지 얼음이 되어 얼었고 물살
에 씻겨 거품을 물고
이 가슴 시리게 찬란한 봄날을 거슬러 온다.
그렇게 너와 나 우리들의 모든 것이 멈추어버렸구나.

너는 너대로 떠났고

나는 나대로 떠나 멀기만 하다.

그러나 너는 내 곁에서 여전히 찬란한 2014년 4월 16일 그 봄날로 살아온다.

한 해 가고 또 한 해가 가고 오지만 여전히 살아 있는 봄으로 오고 있구나.

지금 304인의 304일은 지구를 몇 바퀴쯤 돌고 돌았을까?

이제 천 일을 지나고도 흘러간 바람에 자국을 본다.

그렇게 얼굴을 감싸고 지낸 지도 천 일이 지났는데

너와 나 그리고 우리들에게 남은 이야기들 여전히

끝없어 맺지 못하고 서해바다에 출렁이고 있구나.

이미 멈추어버린 그날이건만 세상은 야박하게도

이제 그만하라 하고 이제 그만하라 하는구나.

제발, 일어나 한 걸음만

제발, 일어나 한 소리만

그래 제발, 일어나 한 번만 울게 하라.

누가 이 세상과 함께 크게 울라고 한 번만 말해준다면

너희들의 이야기가 다시 살 수 있을 텐데

이 봄에 멈췄던 소리, 웃음, 짜증도 함께 꽃이 되어 필 텐데

이제 물속을 걸어오는 너희들이

물속 속삭임으로 다가오는 너희들이
이 세상을 깨우고 오는 3년의 기나긴 멈춤은
소리 없는 바람과 하늘의 눈과 귀
해와 달과 별을 바라보며 끝낼 수 있을 텐데

풍경 소리

이상하지
너를 생각하면
깊은 산
처마 끝 풍경 소리가 들려
세상 끝에 가야 살아날 그것처럼
나무와 풀과 돌계단은 흔들리면서
풍경 소리를 퍼뜨리는데
소리는 죽어 있고
산은 그대로 산이고
나에겐 모두 무늬로만 다가와
적막한 침묵 속에
세상은 언제 끝으로 갈까

'전원 구조되었다네요'
그날 한낮을 향해 달리던 택시 기사의 음성이
사실이기를
이날 이때까지 염원하는 나의 공상으로
또 봄이 오고 있어
흔들리는 목어처럼

약속하자
— 세월호 참사 1주기에 부쳐

김희정

아무리 돈에 미친 세상이라도
자식이 억울하게 죽었는데
목숨 값 받아 좋다는 부모 있을까
대한민국에는 그렇게 믿는
정부가 있다
내 새끼가
왜, 차가운 물속에 누웠는지 모르는데
진상 규명은 눈감은 채
이제 지겹다고 그만하자고 한다
관혼상제(冠婚喪祭)의 도리도 모르는
집단이 권력을 잡았기 때문이다
새끼가 죽어 애가 끊고 억장이 무너지고
매일 눈물 마를 날 없는데
그 가슴에 대못을 박는 사람들이 있다
눈을 떠도 눈을 감아도
새끼들이 아른거려
죽음보다 깊은 늪에 빠져 있는 엄마, 아빠들
짓밟고 목을 조르는 저 권력은
무엇을 먹고 자란 괴물일까
금요일이 되어도

끝내 돌아오지 못한 아이들 앞에

죄인이 되어 상복을 입었는데

화사한 옷을 입고

패션쇼를 방불케 하는 당신은 누구인가

어린 생명들이 마지막 순간에도

손톱이 붉게 물들 때까지 삶을 붙잡으려 했는데

외면한 정부가

당신이 살고 있는 대한민국이라면

믿겠는가

진실을 안고 침몰한 배를

돈 때문에 인양하는 것이 무리라고 떠드는

앵무새를 보라

저 영혼 없는 앵무새를 누가 만들었단 말인가

오늘, 너희들 죽음 앞에서 고백한다

남의 불행이라고 남의 슬픔이라고

먼 이웃 일이라고 말했던

나를 반성한다

입만 열면 거짓말에

약속은 손바닥 뒤집듯이 하는 사람들이

저렇게 당당할 수 있는 현실을 고발한다

얘들아, 이제 남은 일은 산 자의 몫이다

다시는 이런 참사가 일어나지 않도록

만 년이 가도 무너지지 않는

기억의 벽을 세울 것이다

너희들 교실에

그리움의 나무를 심을 것이다

너희들이 건너지 못한 바다에

기다림의 나무도 심을 것이다

세상 곳곳에 독버섯처럼 퍼져 있는

절망의 나무를 베어내고

희망의 나무 한 그루씩 마음에 심을 것이다

다시 봄이 오면 그 나무에서 꽃이 피고

새가 지저귀고 바람이 쉬었다 갈 것이다

얘들아, 그날이 오면 다시 수학여행을 떠나렴

친구들과 3박 4일 아름다운 추억 만들고

금요일엔 돌아오렴*

금요일엔 꼭 집으로 돌아오렴

엄마, 아빠가 기다리고 있는 집으로 꼭 돌아오렴

* 240일간의 세월호 유가족 육성 기록물 책 제목

영원한 슬픔
― 세월호 3주기를 슬퍼하며

나해철

보이는 것 모두가
아지랑이나
그림자 같은 허상이라고
이천여 년 전 선지식이 선언한 바 있다

전혀 믿을 수 없다
확실히 오감으로 체득되는
이 세상 모든 것이
헛것이라는 것을

그러나
그 말이 진리인 사람들이 있다
펄펄 살아 있는 자식이
배에 갇혀 죽어가는 모습을
두 눈으로 바라보아야 했던
사람들에게

그 말은 참 진리이다
하늘도 부서져 있고
땅도 깨어져 있다

지상에 온전한 것은 하나도 없다

다만
아무렇지도 않은 척하는
하늘과 땅에게
그러려니 응해주고 있을 뿐

구하고 보호할 의무가 있는 국가에게
오히려
거꾸로 죽임을 당한 자식의
엄마 아빠에게는

이미 국가도 사회도
산산이 부서져
형해화되어 있을 뿐이다

대통령도
관료들도
이미 헛된 것이다
마녀나 악마들로
비현실의 존재이다

슬픔만

슬픔만

오직 진리이고

이 외는 모두 신기루이다

세월호 앞에서

맹문재

명령으로부터 명령에 이르기까지
나의 봄이 아프다

책임자의 수칙도 상식도 부끄러움도
침몰한 지 오래

안내 방송도 구조 조치도 탈출구도
침몰 속에서 녹슬어간다

그림자조차 여전히 남은 채
내리는 명령
가만히 있으라

출항이 운다
아이들이 운다
하늘이 운다

나의 봄이 아픈 몸으로 운다

416 청이 선생님

문창길

배가 기운다 물밀 듯 물이 밀려와 앞 유리창을 떠민다
나의 물걸음은 왜 이리 더딜까
승냥이 같은 파도는 왜 이리 거셀까
저 하늘 먹구름은 왜 저리 햇빛을 가릴까
계단 아래 단비 목소리는 어이 잦아들까
아 아버지의 구부러진 지팡이는
사랑방 문고리에 걸려 있을까
5층 난간의 바람은 왜 이리 차가울까

이 선생님 배가 많이 기웁니다
손에 잡힌 난간이 힘을 주고 있어요
물바람이 거세게 밀려옵니다
저 선창 안 우리의 꽃숭어리들
저 깊은 먹먹 바다에 잠기게 해선 안 됩니다
해신이여
내 무거운 물걸음이 두렵습니다
내 무기력한 손아귀가 안타까워요
꽃의 신이여
저 어린 봉오리 봉오리들을
아빠 엄마의 품속에서 또는 품 밖에서도

꽃으로 피게 하십시오
내 젖은 가슴팍으로 안겨 들게 하십시오

내 첫 수업을 듣다 첫사랑 얘기를 해달라 조르던
왈패 같은 그 아이가
앙주먹으로 유리창을 내리친다
끄떡도 않는 유리벽 안에서
가쁜 숨을 내쉬며 외친다

선생님
우리는 꿈을 꼬옥 이루고 싶어요
우리는 꼬옥 꽃으로 피어나고 싶어요
엄마 아빠의 눈물 같은 사랑처럼
뜨겁게 효도 한번 하고 싶어요
우리 학교 앞 떡볶이집에서 라볶이 먹어요

뒷목까지 차오른 바닷물이 목줄기로 넘어간다
아이들 손목을 끌어 나가라 외친다
한 아이가 나가나 싶더니
내 눈에서 갑자기 사라졌다

우읍 용왕이시여
제가 청이가 되겠나이다
저 아이들을 일으켜 세워주십시오

첫 수업 푸른 칠판에 이름을 쓰는 내 뒤통수에다
아이들은 깔깔대며 해맑은 눈빛들을 쏘아댄다
애들아 너희들을 마냥 사랑할 수 있으면 좋겠다
애들아 너희들의 역사교과서에
우리들의 사랑과 눈물과 꿈을 적었으면 좋겠다
5 · 16 교과서 말고 친일 교과서 말고
6 · 15공동선언이나 10 · 4선언이 씌어진
통일 교과서 아니면 4 · 16세월호 교과서를 만들어
함께 배웠으면 좋겠다

뱃머리마저 잠긴 칠흑 바다에서
저 전조등만이 우리의 운명을 비추고 있구나
그래 속푸른 심연의 바다에서
우리의 잠은 깊어지겠지

사월의 물음
— 세월호 3주기에 부쳐

박관서

다시 사월입니까?
냇고랑의 미나리들은 푸르고
산골짝의 개나리 진달래들은 울긋불긋합니까?
제 스스로 부끄러워 제 살을 찢어
꽃망울들을 터뜨립니까?

스위치를 켜면 형광등 불빛이 들어오듯이
먼 밤하늘의 별빛들은 아직도 반짝입니까?
돌아오지 않는 아이들의 검은 눈빛들은
지나가는 바람결에 실려
그대의 마음 언저리 어디쯤에 이르렀는지요?

지금도, 지켜주지 못해서 미안한가요?
아직도, 가만히 있으라고 해서 잘못했나요?
불편한 진실들을 모른 체하고
달콤한 거짓에 줄서서 사람이 사람을 거꾸러트려야
사람이 되는 우리들의 일상과 우리들의 나라가
정작 침몰시켰던 것은
우리들의 마음이 아니었나요?

빛은 가라앉거나 꺾이지 않듯이

아이들이 우리에게 남긴 질문은 우리들의
마음을 가로질러 검붉은 애기 동백꽃으로
피어나 다시 묻고 다시 묻습니다

천 년을 살기 위한 재물이었나요?
만 년을 누리기 위한 권력이었나요?
그 배에 실렸던 그 무거운 철근은
누구의 나라를 지키기 위한 것이었나요?
나라가 있긴 한가요? 태극기를 몸에 두르고
우리들이 사랑해야 하는 것이

무엇인가요? 어미 아비와 자식을 가르고
살을 섞고 사는 남편과 아내마저 갈라 끝없이
일을 하고 일만 하고 일을 해야 사람답게
사는 것이라고 주입시킨 이들은 누구인가요?
깜깜한 죽음의 바다에 닻도 없이 내려앉아
수삼 년을 건져도 건져도 건져지지 않는
아이들이 다시 묻습니다.

우리들을 가라앉힌 이들은 누구인가요?

2014년 4월 16일 오전 10시 21분

박광배

무엇을 먹어도 맛이 없고
무얼 해도 재미가 없다.
잊으려 해도 잊히지 않고
어쩌다 떠오르면 소주 먹는다.

별이네 새봄이네 꽃이네 노을이네
다 빛을 잃었다.

세월이 흐른들 세상이 변한들
시간은 멈춘 채

열여덟 열여덟 열여덟

세월호의 꽃

먼 데 사는 딸
집에 왔다 가는 길 바래주며
봄빛 화안해진 뒷길 걷는데
허름한 연립주택 좁은 꽃밭에
개나리 꽃무더기
노란 꽃잎 송이송이
세월호 리본같이 묶여
봄바람 받으며
구해달라 흔들리는 꽃결
세월호 아이들 얼굴 같다

딸과 두 손 꼭 잡고 멈춰서
흔들리는 꽃잎들 바라보며
잊지 않을게 꼭 밝혀질 거야

눈에 넣어도 아프지 않는
소중한 자식들 보낸 가족들 마음
얼마나 아프리
죄스럽기만 하다

고의 침몰설에도 일리가 있는
기막힌 사실들 접하며

광주항쟁도 그때 정부에선
북의 지령을 받은 폭도들의 소행이라고
거짓을 말하지 않았던가

진실을 밝히기 위해
숱하게 싸웠던 전설들

세월호의 진실이 밝혀지면
부정한 정권의 잔인한 뿌리를
송두리째 들어내는 일이 될 것이다

세월호 실소유주 국정원의 지시를 받으며
가만히 있으라 가만히 있으라
가만히 있으라
열두 차례 되풀이 방송을 하며
아이들을 선실에 가두어놓았다
한 명이라도 더 죽게 만들기 위한

지옥의 방송을 하며
선장과 선원들 빠져나왔다

억울하게 죽은 세월호 아이들
노란 개나리 핀 4월 천지
옴폭한 개나리 꽃 종지에 넋 담겨
찰랑이고 있다
진실을 밝혀달라고

광화문 돌베개

박몽구

뭐가 그리 급했을까
잎보다 꽃이 먼저 핀 산수유 편지
속속 올라오는 3월
광화문 국민광장에서 봄밤을 보낸다
하늘을 찌르는 빌딩 숲 사이
작은 꼬막처럼 엎어진 천막들
사막에 흩어진 유목민들의 갤처럼 던져져
차가운 밤을 꼬박 밝히지만
구리 이순신은 집어넣은 칼을 꺼내지 않는다
맹골수도에서 귀환하지 못한 친구들을 기다리며
돌베개 몇 개
무너진 가슴을 지킬 것은 우리뿐이라고
모로 누워 깨어 있다
어느새 피붙이보다 더 가까워져
모르는 사람들이 팔베개 건네며
차가운 봄밤을 견디는
메마른 도시 속 오아시스
천막의 입구가 들리면서
부끄럽게 드러난 살림을 본다
먼 바다에 아이들을 차게 버려두고

차마 따뜻한 잠자리를 꾸릴 수 없는
어머니들 긴 밤을 꼬박 밝히는 촛불 몇 개
지우지 못한 얼굴 하나
바닥을 뚫고 스물스물 올라오는
한기를 막기에는 역부족인 차렵이불……
그 사이로 문득 돌베개의 등을 타고
차가운 이슬 몇 방을 흘러 내린다
흐르는 물 위에 놓인 돌베개를 벤 채
잠 못 이루는 밤들 덕분에
맷집 좋은 경찰의 곤봉도
진실을 행간에 묻어버린
가짜 뉴스의 음험한 혀도 피해
깨끗한 새벽을 맞을 수 있었으리라
따뜻한 눈물로 덥혀지는 돌베개
새벽이 얼마 남지 않았다고
맑은 눈으로 깨어 있다

4월 16일

박설희

기울어가는 배 안에서
네가 "엄마 아빠 미안해"라고 쓸 때
나는 아무 생각 없이
'전원 구조'라는 자막을 들여다보고 있었다

기울어가는 배를 영화 보듯 지켜봤던 그 시간
너는 가만히 있으라는 말을 믿고 있다가
갑자기 밀려드는 사나운 물결과 사투를 벌이고 있었다

이후 세상의 언어들은 다 증발해버리고
"미안해"라는 말만 무성해졌다
가까스로 살아남아서
아이의 주검을 먼저 발견해서
자원 봉사의 행렬에 동참하지 못해서

나는 이 세상에
계속해온 참상들을
보려고 온 사람이 아니다*

삼 년째 찾지 못한 아홉 명

세월호는 여전히 가라앉아 있다
기울어진 가슴들 함께

미안해, 잊지 않을게
가슴에 뇌인 구절
나는 미안한 사람, 잊지 않는 사람

자책의 바다에서 건져 올려야 한다
깨진 믿음, 터진 심장, 옹이진 상처
퉁퉁 불은 시간에 쬐어야 한다
빛을, 뜨겁고 쨍한 빛을

다시 봄이 오고 광장이 푸르게 출렁인다
사월은 전복의 달
침몰하며 뒤집힌 것을 바로세워야 한다
중단된 항해를 시작해야 한다

어떤 말로도 너를 위로할 수는 없지만
함께 그 섬에 도착할 수도 없지만

* 김종삼, 「무제 2」

4월이 오면

박재웅

4월이 오면
휘어진 세월 등줄기에
기억으로 돋아나는 꽃이 있습니다.

4월이 오면
속절없이 떨궈진 어린 넋
사무친 가슴마다 피멍으로 피어나는 꽃이 있습니다.

4월이 오면, 불면의 4월이 오면
사나운 검붉은 바다를 헤쳐
심장에 피어나는 꽃이 있습니다.

4월이 오면, 야만의 4월이 오면
멸시와 조롱, 악다구니 시간을 넘어
광장의 바다에 피는 꽃이 있습니다.

4월이 오면
푸르른 기억의 바다에서 너와 나 가슴과 심장에
별이 되어 밤마다 빛나는 꽃이 있습니다.

다시 만나자는 굳은 약속의 꽃이 있습니다.

갈라디아서 3장 28절

— 드라큘라 31

방민호

우리들은 모두
그리스도 예수 안에서
하나일 뿐

유대인도
그리스 사람도
종도 자유인도 없고

남자도
여자도

없습니다

드라큘라도
드라큘라의 먹잇감도

없습니다

마음 돌이킨다면
믿음만큼 깊고 넓은

슬픔 얻을 수 있다면

당신들도
모두
우리들입니다

우리들도
모두
당신들입니다

리바이어던

백무산

거대한 검은 사체가 떠올랐다
사지가 찢겨지고 썩은 체액을 울컥울컥 토해내며
심해의 어둠을 붙들고 완강하게 버티던
거대한 짐승 한 마리가 인양되었다

삶의 미궁 같은 싱크홀
역사의 괴물 같은
아집과 밀폐의 성채 같은
무소불위의 체제 같은 거대한 몸집

작은 손들이 모여 그 약한 끈들을 이어
김이 서리는 입김의 열망을 모아
눈물과 눈물 그리고 오랜 기다림으로
건져 올린 저 처참한 사체

문을 열면 귀를 찢는 비명 소리 터져 나올 것만 같고
사라진 이름들과 그 피눈물이 쏟아져 나올 것만 같은

거짓 약속을 빨아먹고 산 괴물
죽음의 재물을 먹고 키워온 몸집

저 험한 곳을 건너게 하겠다던
우리에게 꽃피는 나라로 데려다주겠다던
위험으로부터 구원하겠다던 그 약속
굴복의 대가로 주어진 거짓 약속들
그것은 죽음의 약속이었을 뿐

그러나 또 어디서 처참하게 뒤틀린 언어들을
토해내며 저주를 퍼붓고
저 검은 심해의 공포를 다시 불러내는
여전히 끝나지 않은 전쟁의 그림자 일렁이는
바닥 모를 검고 깊은 물 아래
거대한 짐승 한 마리가 인양되었다

다윤이의 별

봉윤숙

텅 빈 시간이 흘러요
나는 아직 배 안에 갇혀 있어요
물속에 뜬 별이에요
밤이 너무 길어요
갇혀 있다는 것은 아무 말도 못 한다는 걸까요
말하고 싶어요
큰 소리로 외치고 싶어요
나는 선생님 말씀처럼 아직도 그 자리에 가만히
말없이 그대로 있어요
퉁퉁 부어오른 목소리를 간직한 채로
왼쪽으로 돌면 오른쪽으로 기울어지고
오른쪽으로 돌면 왼쪽으로 기울어지며
2학년 국어책 16쪽은 누가 손을 들고 발표할까요
아직 제대로 읽혀지지 않은 낱말들
만 갈래로 찢어져 핏발 진 눈동자들
눈물로 글썽이던 파도는 점점 더 높아지고
시간은 머리카락처럼 헝클어지지만
아직, 저는 여기 있어요 출렁이는 진실로
언제까지 흔들려야 할까요
가방 속으로 쏟아지는 하얀 갈매기 떼가 전하는 바닷말을
들으며

흩날리는 포말들 속에서 물안개로 비명을 날려 보내요

바람의 귀에서는 파도가 철썩대요

날마다 꾸는 꿈이 달라요

어느 날은 소라의 꿈을,

어느 날은 무지개의 꿈을,

또 어느 날은 고래의 꿈을 꾸곤 해요

이젠 꿈꾸는 것도 무서워요

그날, 외로 된 기억들로

밤은 내내 기울어져 아침으로 떠오르지 않아요

제발 이 별에서 나 좀 건져주세요

* 다윤 : 세월호 실종자 중 한 사람.

나는 물을 이렇게 고쳐 쓴다

서안나

나는 물을 이렇게 고쳐 쓴다
두 손을 씻으면
위로할 수 없는 손이 자란다
고통은 유일하다

나는 물을 이렇게 고쳐 쓴다
젖은 배를 끌고 황금의 도시로 가는 자들아
나의 인간과 당신의 인간은 무엇이 다른가

나는 물을 이렇게 고쳐 쓴다
울면 지는 것이다
홀로 남겨진 것은 우리다

나는 물을 이렇게 고쳐 쓴다
물속은 폭풍우와 풍랑이다
소년과 소녀는 물의 안쪽 높은 곳에서
비루한 지상을 위로한다

나는 물을 이렇게 고쳐 쓴다
인간은 인간을 이해하려는 방식이다

나는 물을 이렇게 고쳐 쓴다
물에 찔리고 물에 부딪히고 물의
이마에 이마를 맞댄
소년과 소녀들, 나는 한 잔의 물을 마신다
물에 젖은 눈과 손과 청춘을
물에 젖은 눈과 손과 청춘으로 닦아주마

나는 물을 이렇게 고쳐 쓴다
바다나 읽는 나는 무력한 배경이다
이 이야기는 끝나지 않는 견고한 악몽이다

세 번째 계절

성향숙

다육 화분 하나 놓여 있다
너 없는 책상 위에 놓여 목만 가늘게 자란

갈증이 난다
돌멩이를 입안에 넣고 침을 모으면
갈증의 일시적 해소는 더 심한 갈증을 불러온다

희미해지는 네 이름의 무표정과
빛의 호응이 간절한 다육이의 하품과

휴대폰을 자꾸 들여다보던 그 아침
너무 서둘렀던 엄마, 안녕
현관에 붙어 애꿎은 표정의 흔들림으로
이내 허물어지는
풀죽은 다육 잎을 어루만진다

삼 년째 수요일 길바닥,
가출한 고양이를 길모퉁이에서 발견하고
잃어버린 귀고리 한 짝도 돌아오는데
불규칙하게 붉어지는 절규

바람 따라 바다로 가는 세 번째 계절은 오고

네가 앉아야 할 책상에 간절한 바람을 놓는다
사월의 중력을 견디며 목을 늘렸을
들을 귀가 없는 다육에게 귀를 달아주기로
그리고 나서야
봄은 있다 봄은 있다고

악마들의 영역에서

안학수

그 시대 그 땅에
푸르른 풀밭을 이루는 양들이 있었다
한 무리가 양치기로 나서기 전이었다

양들에게 웃음과 눈물로 목장을 갈취하고
교악한 손톱으로 움켜쥔 권좌에 앉아
견고한 마의 성곽을 구축한 목장지기
구원의 방주를 패러디한 멸망의 폐선을 마련했다

정원을 넘겨서 덜어 먹고
탑재를 올려서 빼어 먹고
부력을 눌러서 빨아먹고
복원력을 흔들어 뜯어먹고
찌꺼기로 남긴 부정부패를
폐선 깊숙이 에너지로 장착했다

골고다의 언덕과 같이
희생제 치르기 적당한 진도 앞바다

아무것도 모르는 생명들께
험도 티도 없는 어린양들께

세상의 모든 답답한 목에, 칼을 걸고
세상의 모든 억울한 가슴에, 맷돌을 달고
세상의 모든 분노한 머리에, 가시관을 씌우고
세상의 모든 처절한 발목에, 차꼬를 채우고
삼백사 영령을 가책 없이 속죄양으로 바쳤다

비선의 무리로 눈과 귀를 막은 목장지기
제관으로 쓴 올림머리의 도도함이란
속죄를 흉내한 계산기식 헐가에 흥정하고
모르쇠로 덮으려다 불거지는 진실을
뻔뻔하고 교악하게도 끝내 뉘우치지 않았다

영령들이시여
어린양들이시여
저녁 하늘을 붉게 물들인 해님이시여
하늘 끝에 닿아 번뜩이는 까치놀이시여

잊을 수 없는 슬픔으로 이 머리에 담았나이다
지우지 못할 아픔으로 이 가슴에 새겼나이다
화산처럼 끓는 그 노여움을 이젠 내려주소서
창파에 거품으로 뜬 그 원망을 그만 거둬주소서

무구한 생명들을 무참히 버린 악마들의 영역에
안전 불감을 치료할 약으로 삼겠나이다
영달과 권력만 갉아먹는 저 버러지 떼의 횡포에
맞서 싸워 이겨내는 힘으로 삼겠나이다

애초에 저 사악한 악마들을 방임했던
이 우자도 함께 그 책임을 부복 참회하나이다
다 용서하시고 그 나라에선 행복만 누리소서

꽃으로 돌아오라

양 원

너희들을 앗아간 바다
빙빙 돌다가 그냥 오고 말았다
꽃을 던져보아도
피 터지게 이름을 불러본들
아무 소용이 없다

물살이 센 차운 바다
바람 따라 흰 파도만 일고 있었다
네게 닿을 수가 없다
우리들의 맨주먹
틀어쥐고 펼쳐보지도 못한다

너희들이 가라앉은 바다
노란색 부표만 흔들리고 있었다
세상이 놓아버린 짧은 끈으로는
일으켜 세울 수도 없다
건져낼 수도 없다

비가 쏟아지는 바다
무섭고 두려워도 뒷걸음칠 수 없다
그러니 이제 부활하라
꽃으로 돌아오라
맹골수도에 성내며 더욱 붉게 피어나라

답장

양은숙

1

기어이 바다 밑에서 꽃이 되려니
너무 추워서 흔들리는 해류

이유도 모르는 그 배는
거대한 집이 되고 거대한 놀이터가 되었니
불분명한 바다 밑 너는 어디를 흐르나

토끼섬으로 가려나, 토끼섬이 너를 부르나
늘 푸른 문주란
다년생으로 다년생으로 너는 문주란이 되고 있나

물에 불어서 아프지도 않게 쑥쑥 발가락이 빠지고 쑥쑥 손
가락이 자꾸 빠지고 아빠를 기다리다 없어진 발바닥에 뿌리
가 내리고 물끄러미 없어진 겨드랑이에 이파랑이가 나고 차
라리 다년생 다년생 문주란이 되려나 뼈마디 사이사이에 실
뿌리가 내리고 어두워 어두워서 너는 모가지도 흔들흔들 이
제는 물풀이 되어 뻗어 오르나 기어이 토끼섬으로 가려나 아
빠도 엄마도 모두 가라앉은 이 이상한 나라

헝클어지는 햇살로 다시 봄은 쏟아져 내리고

신발 가게에 가지런히 놓여 있는 신발

너무 작아서 주머니에 넣고 싶은 너의 신발, 봄마다 봄이 와서

숨 쉬기가 힘들구나…….

2

어른들이 말했어요, 물에 빠뜨리면 끽해야

4분!

그 배는 너무 컸어요 너무 천천히 빠졌어요

거꾸로 거꾸로 빠지는

비명과 발버둥과 그 처참한 소리를 바다가 꿀꺽, 삼켰어요

온통 짠물

헐떡이는 목구멍에 들어차는 바다

배에 들어차는 바다

몸서리치는 목구멍에 힘이 풀릴 때쯤 아주 잠깐

그 바다 너머, 따뜻했던 우리 가족, 우리 집에 다녀왔어요

바다 밑 44미터
여기엔 이름 모를 투명한 물고기들 헤엄쳐 다녀요
혁규는 일곱 살, 자꾸만 찬란해요

울지 마세요, 울면 어린이
안 울어야 어른이에요

어린이 옷가게 아주 작은 신발 속에 제가 있어요, 늘 있어요
식은 밥을 삼킬 때 울컥 목이 메는 그
데드라인에 있어요

더 이상 울지 마세요, 어른들이 이제는 다 하세요
가면을 벗겨주세요. 누가 그랬는지, 이제는 모두가 거의 다
알잖아요

어린이는 어른의 아버지, 무조건 숨 쉬세요
이제 대답하세요
수장도 싫고, 화장도 싫어요, 답장을 주세요

살아 있으면 생명, 움직이지 않으면 죽음
힘이 없으면 안 돼요

힘이 없으면 어린이, 힘이 세야 어른이에요

야단을 치세요

호통을 치세요

이, 이상한 나라를 바꾸세요

AD 2014.04.16

유경희

아이를 낳아본 사람들은 모두가 상주가 되었다

세상에 처음 태어난 아이들도 상주가 되었다

전 국토는 장례식장이 되고

집집마다 조등이 걸리고

여인들은 흐느꼈다

우리는 내내 질식할 듯했고

피도 멈칫거리고

심장도 가끔 멈추곤 하였다
......

지금 광장은 러시안 룰렛이다

삶으로 하나

죽음으로 하나 장전되어 있다

5000살 아이들을 달이 오래 들여다본다

이명(耳鳴)

유순예

우리는 아직 죽지 않았어요
수심 사십 미터 지점에 꼬꾸라진
세월호는 이미 죽었어요

맹골수로의 너울성 파도 따라서 너울너울 흩어져 있는
우리의 이목구비
우리의 사지육신
그 후, 삼 년째
세월호 안에서 벗어나지 않으려고 안간힘을 쓰고 있어요

해군 기지 공사장으로 끌려가던 철근들은 상어가 먹어치
웠고요
잠수함과 부딪쳤다는 낭설은 난감하게 살아 있고요
국정원이 개입했다는 속설도 새파랗게 살아 있고요
기도하던 발걸음들은 상실 따라 상스럽게 죽어가고 있고요
생존권을 외면한 대통령은 파면되어서도 자각하지 않고요

파도 높이 1미터 이내, 바람 초속 10.8미터 이하로 사흘 연
속되어야만
가족들 품으로 돌아갈 수 있다는

조은화 허다윤 남현철 박영인 고창석 양승진 권재근 권혁
규 이영숙
우리는 그 후, 삼 년째
가족들의 통곡을 받아먹으며 악착같이 숨 쉬고 있어요

세월호는 이미 죽었어요
서슬처럼 살아 있는
우리는 이목구비, 사지육신이 다 녹아나도록
꼬꾸라진 진실을 수면 위로 밀어올리고 있어요

재잘재잘 웃음소리 피어난다 봄이 자란다

— 심연(深淵), 세월호 3주기에

유종순

태양이 빛나는 곳
마추픽추로부터 바람 불어오고

슬픔 가득한 씨앗들
절망하며 지상에서 사라졌던 씨앗들

순백으로 위장한 검은 대지의 심장에
독버섯처럼 자라난 탐욕의 세월 정수리에 힘껏,
참아왔던 마지막 한 모금의 숨을 힘껏 토해낸다

재잘재잘
웃음소리 피어난다
봄이 자란다

그렇구나 슬픔은 절망이 아니라 오히려 희망
여기선 슬픔조차 품위 있고 정의로운 반역

이제 심연은 심연이 아니다
마추픽추다
태양이 빛나는

살인자

내가 너희들을 죽였다

가습기 가동시킨 병실 같은 너희의 오늘에
살균제 같은 어제를 너희에게 틀었기 때문이다

살기에만 급급했던 나라는 세월호의 일지;
아버지가 모른 척한 친일파에 대해 침묵하였고
우리만 잘 살자고 남의 피눈물에 침묵하였으며
상사가 직장 동료를 부당한 이유로 잘랐을 때도 가만히 있
었으며
내가 한 짓을 너희들에게 잘못이라 말하지 못했다
경제를 살려준다는 말에 속아
쥐새끼를 대통령으로 낳고, 그가 닭대가리를 낳고
그가 내일 창조란 슬로건을 내걸었다 그럼에도 오늘이 이
리 배고픈 이유는 뭘까
나는 분하지만 보고 있었다 훗날 너희가
내 오늘까지 누려주길 바랐다

바랄 수 없는 걸 바란 것인가
숨 막히는 세상에서 간절히 진실을 원하던 너희에게

독가스 같은 생존 법칙만 가르쳤던 것처럼 그들은
뒤집힌 배 속에 간신히 살아 있는 너희들에게
유독 가스를 집어넣었다

나에게는 에어포켓이라고 하며 절박함을 무마했으니
결국은 내가 너희에게 했던 짓을 그대로 따라 한 거다

이제라도 나의 죄를 고백해야겠다,
살아남은 너의 친구들에게서라도

미세먼지처럼 떨어지지 않는
나의 잘못을 벗겨내야겠다

또, 4월

이가을

너희가 봄인데
어느 곳 화단에 피었느냐
꽃 피고 풀잎 돋는
4월인데
어디에서 꽃 이름을 달고 있느냐
그리운 이름들아
명찰을 떼지 않은 꽃아, 나비야
광장에 오라
너희를 기다리는 수많은 우리들
우리는 너희를 보내지 않았다
그 낯설고 어둔 배에서 내려오라
꽃과 나비를
두 팔로 꼭 안아주겠다
모두 모여 학교로 집으로 가자
소년 소녀들아
아무 일도 일어나지 않은
그날에
아무 일 없이 소풍을 가자
뛰뛰빵빵, 버스를 타고 달리자
소풍은 즐거웠던 기억

이제 스무 살이 된 꽃아 나비야
어른이 된 소년 소녀야
명찰을 떼고
함께 봄 광장에 앉으렴
출석 체크를 할 테니
새의 음률로 대답해다오

산정만가(山丁頓輓歌) 14

이규배

나의 뿌리를 긁으며 울고 있는 소리들은
누구의 울음소리들이냐?
열 손톱 뒤집어져 문드러진 손가락,
긁으며 긁으며
애 터지게 부르짖는 울음소리들은
누구를 부르는 소리들이냐?

뿌리의 심연(深淵), 해저(海底)
진흙 펄에서 올라오는 소리들이 뭉치고
쌓여져서
내가 솟아오른 것이냐?

내 이마에 얹어진
운동화 한 짝
내 이마에 얹어진
노란색 점퍼
내 이마에 얹어진
파란색 나일론 책가방
내 이마에 얹어진
깨어진 휴대전화

이것들은

누가 전해 오는 문자들의 울음이냐?

누가 부르짖는 소리의 흰 뼈들이

목을 매달고 이마에서 울고 있는 것이냐?

저기, 새푸른 심장들이 고동치고 있다

이승철

통곡도 흐느낌도 모조리 삼켜버린 사월 바다여
마지막 카톡과 에어포켓마저 파멸시킨 자들아
한날한시에 푸른 심장이 사라져버린 사람들아
살아남은 우리들은 이제 어디로 가야 하나
망망대해 아래 서로를 얼싸안고 몸부림치다가
악마의 심연 속에서 온종일 발버둥치다가
손톱이 빠지도록 통한의 벽만을 할퀴다가
선실 저편 한 가닥 남아 있을 숨구멍을 찾아
멍빛 바다에서 끝없이 몸부림쳤을 사람들아
어이하랴, 어이하랴, 진정 어이할 것인가
모두가 한통속으로 저리도 썩어버렸구나
똘똘 뭉쳐 탐욕의 아수라에 처박힌 자들아
우린 그날 너희들의 약속만을 믿었을 뿐인데
그 믿음이 우리 모두를 죄인으로 만들었구나
사월 봄꽃보다 백 배, 천 배 더 해맑은 얼굴들아
우린 너무나 한탄스럽고, 이 땅이 부끄러울 뿐
저 하늘과 저 바다를 쳐다볼 수도 없구나
그대들 목소리를 진정 들을 수조차 없구나
싱그러운 눈동자들은 모두 어디로 사라졌나
세모여, 아해여, 청해진해운이여, 구원파들아

아니 그 너머 국정원과 새누리와 청와대 것들아
이리도 치밀하게 얽히고설킨 악마의 끄나풀들아
너희들만 천년만년 살겠다고 그리 했단 말인가
이 거짓부렁 같은 현실 앞에서 오늘도 우리는
생때같은 너희 생각에 오직 피눈물로 지새운다
인간은 누구나 한 번은, 그래 누구나 한 번쯤은
숙명처럼 죽음을 맞이해야 한다고 하지만
정말 이처럼 허망하게 이별할 수는 없기에
세월호 꽃넋들이 맹골수도 해역에서 아우성친다
아니야, 아니야, 아니야, 아니야, 아니야! 라고
저기, 새푸른 심장들이 마구마구 고동치고 있다

비천무(卑賤舞)

이영숙

그사이
춤꾼들은 차곡차곡
몇 필인지 키를 넘겨 쌓여 있는
비단을, 아니
비탄을, 아니
비천을 풀어
손등을 어깨를 희롱하였다
돌아라, 돌아라, 돌아라
서로 둘둘 말았다가 풀었다가 하면서도
춤사위는 흐트러짐이 없었다
혈통 같은 것이 흐르고 있었다
열린 입으로 한 목소리를 내려고
서로 입술을 꿰매주며 단속하다
밖에서 누가 다른 소리를 하면 질펀하니
실밥 쥐어뜯으며 피를 흩뿌리며
절대 기대를 저버리지 않았다
문지방만 한 격을 지켰다
돌아라, 돌아라, 돌아라
냉정을, 아니
냉담을, 아니

냉혹을 콘크리트 같은 맹목이 지지하고 있었다
배신은 있을 수 없었다
돌아라, 돌아라, 돌아라
비단결 같은 파시즘 이미지 천국에서
태생적으로 그만그만하기도 쉽지 않았다
말로 차린 잔칫상이 그들먹하였다

그사이
돌아오지 않는 자들이 늘어갔다
아홉이 오지 않으면
마중 나간 아흔 아홉도 오지 않았다
일찍이 바다가 길 건너에까지 와서 사무쳤던 적이 없었듯
백 개의 무리도 천 개의 무리도 바닷물에 발을 적셨다

아홉이
사람들을 다 데리고 오지 못하는 동안에도
춤꾼들의 풍악 소리는 멈추지 않았다

깊고 푸르고, 노란

이종형

붉은 동백꽃만 보면 아뜩 멀미하듯
제주 사람들에겐 사월이면 도지는 병이 있지
생손 앓듯 시원하게 비명 한번 지르지 못하고
속으로만 감추고 삭혀온 통증이 있어

그날 이후
다시 묵직한 슬픔 하나 심장에 얹혀
먹는 둥 마는 둥
때를 놓친 한 술의 밥이 자꾸 체하는 거라
시간이 그리 흘렀어도
깊고 푸르고, 오늘처럼 맑은 물빛 없으니
한걸음에 내달려 보러 오라고 너에게 기별하던 봄바다만
보면
요즘은 별나게 가슴 쿵쿵 뛰고
숨이 턱턱 막혀올 때가 있는 거라
세상에서 가장 큰 무덤인 듯
바라보는 것만으로 죄짓는 기분일 줄이야 누가 알았겠나
저 바다 여는 길을 낼 수만 있다면
어미들은 기꺼이 열 개의 손톱을 공양했을 거라

백 년 넘은 산지등대 가는 오르막길

제주항이 내려다보이는 그쯤에 멈춰 서서

도착하지 못한 아이들의 이름을 가만히 불러본다네

누가 애써 씨 뿌리지 않았어도

비탈진 언덕 곳곳에 돌아온 봄꽃, 노란 유채꽃

아이들아, 나오너라

저 꽃무더기 서너 줌 따다가 한 솥 가득 꽃밥이나 지어
먹게

도란도란 둘러앉은 저녁 밥상 받아놓고

부웅부웅 안개길 헤쳐 돌아오는

무적(霧笛) 소리나 같이 듣게

천 일 동안

이철경

콘트롤 타워에게

오늘 오전 4시 수면 위로 떠오르는 진실이
탄핵된 파면자가 숨겼던 진실
그 "실체적 진실을 위해 협조"하겠다고 했던 당신은
세월호와 함께 추악한 7시간의 실체가 드러날 것이다

338명 아이들에게

천 일 넘게 그 차갑고 캄캄한 바닷속에서
얼마나 원망했을까, 얼마나 피눈물을 흘렸을까
긴긴 시간 동안 그리운 얼굴 보고 싶은 부모 · 형제
애타게 그리워하던 아이들아
애간장 녹아 문드러진 영혼들아.
미안하다. 정말 미안해
하루면 만날 수 있는 길을
우주를 돌아 긴 여정을 돌고 돌아
이제야 상봉하게 되었구나
마디마디 닳고 부러진 손마디도
이제 새살이 돋고 손톱도 예쁘게 길러야지

가엾은 나의 천사들아

푸른바다거북

이거 봐, 배가 많이 기울었어!
괜찮아, 괜찮아!
(이러다가 우리 죽는 거 아냐?)
괜찮아, 괜찮아!
(엄마한테 전화해야 돼. 전화를 받질 않네.)
야, 이거 동영상 찍어 보내!
(밖으로 나가야 되는 거 아냐?)
가만 있으래잖아, 움직이면 위험하다고!
(그래놓고 지들끼리만 나가는 거 아냐?)
그럴지도 몰라!
(아니야, 경찰이 우리를 구해주러 올 거야)
와아, 헬기가 왔다!
선생님, 물이 들어오는데
천장이 바닥에 있는데, 왜 이제야 나가야 해요?
(아아아아! 나는 못 걷겠어……)
미끄러워, 넘어지면 안 돼!
내 손을 잡아! 여자애들부터 올려보내!
물이 차오른다!
목이 잠긴다!
(몸이 둥둥 떠올랐어……)

중심을 못 잡겠어!

난 락카에 발목이 끼었어!

한 걸음도 움직일 수가 없어!

저길 봐!

바다거북이 온다

등이 푸르고 착하디착한 눈을 봐

크고 커다란 발을 날개처럼 헤엄쳐

푸른바다거북이 우리들에게 온다

아니야! 저기, 흉계와 살육의 범고래가 온다

가자, 얘들아!

바깥세상은 너무 위험하구나

여기는 너희들이 믿고 살 만한 곳이 못 돼

맞아요! 하루에도 서른 명 이상 자살을 시키는 나라예요

집단으로, 집단적으로 죽이고, 집단적으로 통닭을 먹어요

맞아요! 우리는 해그팬클럽 어른들이 아니에요

hei, hei, hag!

헨젤과 그레텔을 잡아먹고

샛파란 혀로 일곱 시간만 기다려달래요

아이들은 푸른바다거북을 따라갔다

아이들은 깔깔거리며 웃었다

공부도 하고 농구도 하고 연애도 했다

호미와 바구니를 들고 조개와 산호초를 캐러 다녔다

바닷속 학교에서 한 가지 부탁을 했다

(저 배를 끌고 와주세요. 제 가방이랑 신발이 배 안에 있어요!)

제 동생이랑 오빠랑 엄마 아빠 가족 사진을 보내주세요

(꼭, 보고 싶거든요!)

푸른바다거북은 고개를 끄덕이며 솟아올랐다

(조심하세요!)

날마다 수천 벌의 옷을 갈아입고 눈물까지 흘리는 악어가 송곳니를 드러내고 쫓아올지도 몰라요

푸른바다거북은 아이들의 얼굴을 쓰다듬어주었다

(무서워요……)

걱정 마, 걱정 마!

살아서 죄 많은 우리가 지켜줄게!

풍선 인형

아이의 일기장이 물속에서 멎은 밤
물이 사방에서 잡아당겨 부둥켜안은 몸들이 흩어지려 하
는데
어떤 징후를 숨기고 있는 게 틀림없는데

흐르는 팔과 다리 바다장어는 머리칼을 물고 늘어지는데
아무것도 안 보이는 물속이 차올라
일어서려는데 핏물이 빠져 고꾸라지는 피부들
둥둥 뜨는데
모두가 눈을 번히 뜨고 지켜봤는데

살지도 죽지도 못한 엄마와 아빠의 아침들은 제정신이 들
었다 나갔다
헤매고 다니면서 아무렇게나 날짜들을 던져대면서

마음이 바뀐 약속들은 방위표를 보여주지 않아서
마지막 몸이 오지 않았는데 부러지는 천지사방

서로 살이 닿지 못한 채 창자를 끌어올리며 부르는 이름들이
손바닥으로땅바닥을내리치면서억장이무너지면서사방허

공이용역의방패처럼다막아서어떤방향을뚫어야할지도무지
몰라서

　　시간의 모서리에 얼어붙어 아무리 해도 뜯어지지 않는 발
바닥
　　첨벙첨벙 들어가 흩어지는 몸들을 건져오지 못했는데

　　어쩔질 못해 제 손으로 제 발을 뽑아 두 팔을 번쩍 들어
　　세상의 바깥으로 던져버리고 싶은 죄 많은 에미 애비 몸
뚱이
　　멀리 던져도 코앞에 되떨어지는 형벌

　　풍선을 들고 소풍 가는 날
　　물에 퉁퉁 불어 살을 만질 수 없게 된 열여덟 살 아이와
　　눈이 뭉그러진 엄마와 아빠가

삼 년이면

정기복

삼 년이면
냇가 미루나무 키는 얼마만큼 더 자라나
삼 년이면
공원의 느티나무 얼마나 더 많은 잎사귀 하늘 향해 뻗어
올리나
삼 년이면
아이들 봉숭아 물든 손톱은 몇 번을 잘라주어야 하나

일천 일이면
피지 못한 꽃들은 어느 나무에 가 봉오리를 맺나
일천구십육 일이면
광장 촛불의 빛은 어느 별에 가 닿나
세 해가 다 지나도록
젖어 있는 여린 혼백은 언제 햇볕을 쬐나

삼 년이면
어미 가슴에 돋는 슬픔의 나이테는
아비 가슴에 돋는 분노의 나이테는 어떤 문양으로 새겨지
는가?

세월호여! 너를 그만 잊자 하는구나

정세훈

세월호여! 너를 그만 잊자 하는구나.

수장된 지
1년이 지났다고
2년이 지났다고
3년이 다 되어온다고.

진도 팽목항 앞바다
막막하고 캄캄한 심해 탁류 속에
아직도
너는 깊이 잠겨 있는데

권력의 탐욕 속에
역사의 거짓 속에
아직도
너는 깊이 잠겨 있는데

이 땅의
특수 고용 비정규직 노동자
혹사당한 주검 되어

너는 깊이 잠겨 있는데

잠겨 있는 세월호여! 너를
불순 불온
좌경 용공
종북 세력 빨갱이라며

세상은
덧없는 세상은
피로하다고
이제 그만 너를 잊자 하는구나.

멈춰버린 9인의 실종자를 위하여
— 304인의 희생자를 추모하며

정원도

세월호 참사가 발생한 지 어언 3년이 와도
실종자 9인은 더 이상 줄어들지 않는다
날마다 가슴 태우며 까무러치던 어머니를
설마 잊지 않는다면
주검으로라도 어서 돌아와야 할 긴긴 시간을 버텨내며

아! 차라리 비장한 탈출을 감행했을지도 모른다는
희망으로나마 살아 있다면
그리하여 천신만고 끝에 고래처럼 숨을 내뿜으며
먼 바다 수면 위로 솟구쳐 오르는 모습으로
목격되기라도 한다면 얼마나 좋을까?

지금쯤은 저 죽음의 배를 빠져나와
망망대해 어느 협곡을 떠돌고 있을지도 모른다는
막연한 기대로라도 살아만 있다면
아깝고도 아까운 넋들이여!

그때 그 해맑은 투정으로 수학여행 가던 행렬로
다시 솟아올라라! 돌아보면
봄마다 피어오르는 풀꽃들이 너희들의 웃음이다

겨우내 얼어붙었던 동토를 비집고
나뭇가지마다 움터오는 봄눈이 너희들의 기별이다

너희야말로 풀꽃처럼 봄눈처럼 되살아
장렬한 죽음의 문을 박차고 피어올라라!
언제 찾아올지 모를 너의 발자국 소리에 귀 기울이며
저 불의의 늪에서
이제는 우리가 비장한 탈출을 결행해야 하리

잘 가라, 첫사랑 물방울 벌레들아

조길성

방충망에 투명한 벌레들이 맺혀 있는 것을 본 적 있다
오늘 문득
유리창에 기어 다니는 투명한 벌레들을 본다
살아 있었구나
내 몸속에서 수많은 물방울들이 아우성치고 있다
나는 물방울의 숙주
언젠가 이 몸을 버리고 떠날 것을 안다
난 이 투명한 벌레들이 무엇인지
정말 모르겠다
어쩌면 비구름 위에 떠 있는 별들보다 오래되었을 것이다
불보다 더 뜨거운 존재일지도
너희들의 마음은 다이아몬드보다 더 단단할 수도 있을 것
이다
나는 지금 웜홀을 지나 다른 우주를 향하고 있다
혜성에 실려 왔을 거라는 학설을 지나
거꾸로 혜성 쪽을 향한다
첫사랑 그 아름다운 벌레들이 차창 가득 별똥별처럼 붐빈다
붐비며 내 몸속의 물방울들과 교감하고 있다
기다릴 것이다
유리창이 녹슬 때까지
그 녹물 속에서 피 묻은 첫사랑 물벌레들이 다시 눈 뜰 때
까지

그만, 이라는 말

조미희

그만하면 됐다
그만하자라는 말
봄이 왔는데 온 봄에게 그만하자
그만하면 됐다라고 말하면
봄이 멈춥니까

새싹 돋는 자리는
가장 간절하게 뜨거운 곳
노란 수선화에게
그만 노랗게 피라고
말할 수 있습니까

노란색이 다 피기까지는
봄이 하염없이 짧기만 합니다

부끄러운 얼굴로
노란 리본을 달았습니다
노란색이 벼랑처럼 가파릅니다
세상에서 부모와 형제 자매를 빼면
남는 것이 있을까요?

저 시린 리본은 그래서
우리의 것입니다

노란 수선화의 알뿌리는
옹기종기 모여 봄을 기다립니다
누군가 훔쳐간 봄을
하염없이 기다립니다
죽은 아이들의 봄을
그 아이들의 부모와 형제 자매의 봄을
그리고 수선화 꽃잎 같은
촛불을 들고 광장에 모인 사람들의 봄을

그러니 그만, 이라는 말은
하지 마세요

팽목항 애절꽃

채상근

사월, 그대들이 생각납니다
돌아오지 못한 그대들을 기다리는
사람들 가슴마다 핀 노란 리본꽃들
바람에 흔들리고 눈물이 흐릅니다

사월, 자꾸만 목이 메입니다
봄날 그대들 꽃으로 피어납니다
말 많고 탈 많은 세상을 향해서
목 메인 꽃들 말없이 피어납니다

사월, 꽃들 애절하게 피어납니다
세월호 타고 떠난 그대들
우리가 다시 만나는 봄날이 오면
팽목항 애절꽃으로 피어납니다

먼지처럼

최기순

낡은 의자에 걸쳐놓은 재킷은 자주색
박음질된 명찰엔 희미한 이름
어디로도 날아가지 못하고 발이 묶인
노란 종이학 몇 마리
이렇게 오래 어두워지며 누구를 증명하는 걸까
먼지들은 적군파처럼 연대에 연대를 거듭하며
의자와 재킷과 종이학의 색을 가린다
명찰 속 이름을 더는 알아볼 수 없다

기다려도 오지 않는 몸을 두고
나날이 어둑해지는 재킷처럼
모호한 표정으로 침묵하는 건 아닐까
실물이 사라지면 상징이 부각되는 것처럼
상징이 빛바래면 망각이 카펫을 펴는 것처럼
우리들 너무 자연스러운 게 아닐까

아직 팽목의 찬 물살 아래 아홉의 몸이 있고
그들의 이름을 부르는 쉰 목소리 물결치는데
중력을 감당할 구멍을 내는 중이라고
구멍에 구멍을 내는 중이라고

아직도 언제까지 인양 중인 세월호를 두고
희미해져라. 희미해져라……
최면을 거는 손에 길들여지며
먼지처럼 쌓이고 쌓여가는 건 아닐까

호명
— 세월호 참사 1056일

최기종

304명, 그 이름 불러봅니다.
맹골수로 수장된 그 이름
그냥 스쳐 지나가는 바람이면 아니 되니까
그런 배를 탔다고 죽어야 할 사람은 아무도 없으니까
물바가지 샘물 퍼 담듯이
한 단 두 단 돌탑 쌓아 올리듯이
깊은 바다 속 그 이름 하나하나 불러봅니다.

304명, 그 이름 불러봅니다.
거리거리 회자되는 그 이름
그 바닥에서 가만히 있으면 아니 되니까
무책임한 나라의 국민이 되어서는 아니 되니까
가래떡 썰어나가듯이
반추동물 되새김질하듯이
노랗게 피어나는 그 이름 벅차도록 불러봅니다.

그 이름 여기 살리겠다고
그 이름 여기 피우겠다고
진실은 침몰하지 않는 거라고 그 이름 불러봅니다.
시침이 되고 분침이 되어서
죽비가 되고 새는 빛이 되어서

가슴에 비문처럼 그 이름 또박또박 불러봅니다.

항적처럼 그 이름 불러봅니다.
아직은 눈물을 거둘 때가 아니라고
아직은 제자리 돌아갈 때가 아니라고
아직은 안전한 나라, 안전한 뱃길 안심할 수 없으니까
수선화 송이송이 피어나듯이
독경 소리 나뭇가지 흔들듯이
피멍처럼 아픈 그 이름 혼부리로 불러봅니다.

시를 쓰는 일마저도

최종천

이렇게 시를 쓰는 일마저도
변명을 하는 일 같아 부끄럽구나!
봄이 다시 오고 피는 모든 것들이 피는 계절의 때에
다시 못 올 저승으로 밀려난 혼들아
다시 또 4월에 얹힌 봄이 왔으니,
시인들에겐 변명할 특권이라도 있다는 듯
세월호 시를 써달라는 청탁이 또 왔구나!
고해성사도 듣는 이가 있고
진술이나 자백도 들어주는 사람이 있는데,
세월호 이후에도 시는 가능하다는 듯
이렇게 변명할 기회를 또 얻었구나!
이 공허한 변명을 우리들끼리 지껄인다.
누구를 탓할 것 없이 우리는 죄인이다.

빼앗긴 내일

표성배

1914년 9월 16일, 죽은 사람은 더 이상 아침도 저녁도 맞이할 수 없다* 이 문장을 나는 2014년 4월 16일 진도 팽목항과 나란히 놓는다

* 즐라타 필리포빅 · 멜라니 첼린저 엮음, 정미영 옮김, 『빼앗긴 내일』, 한겨레아이들, 2008. 제1차 · 2차 세계대전, 베트남 전쟁, 보스니아 전쟁, 이스라엘과 팔레스타인 분쟁, 이라크 전쟁을 겪은 8명의 아이들이 쓴 전쟁 일기를 모음집.

먼 봄날

홍경희

아이들 이름 위에 빈혈로 도지는 봄

꽃이 다시 돌아올 때
안아주지 못해 울었다

애간장 삭아 내리는 눈물꽃이 피었다

안녕,
천 일 동안 부치지 못한 안부 편지

다시 고쳐 쓰는 어둠이 찾아와야

오히려 안심을 하고
한 술 뜨는 그믐달

꽃이 다 질 때에는
떨지 말고 가시라

울음 끝 다독이는 손바닥 위로처럼

지그시
흰 꽃길 위에 푸른 기운 남기고

거리에서 머리를 찰랑이고 깔깔거리는 아이들의 뒷모습을 보아도, 버스 안에서 가방을 끌어안고 졸고 있는 아이를 보아도, 횡단보도 건너편의 친구에게 손짓하는 아이들을 보아도 눈물바람이었다.

꽃과 바람만을 쓰자고 했던 사월의 먹먹함은 해산달의 육체처럼 고통으로 찾아온다. 사월이 지나고 나면 각자 생활에 바빠 또 희미해지는 이름표다. 뼛속까지 속속 스미는 상실감에 더 큰 상실감을 더했을 유족들. 바람 든 무처럼 숭숭 뚫린 허전함으로 더우나 추우나 길에서 길을 묻는다. 우린 유족들에게 빚을 지고 산다.

세월호와 함께 심연으로 가라앉은 아이들과 다른 희생자들이 이제 우리에게 슬픔과 절망이 아니라 희망으로 기억되기를 기대해본다. 사실 세월호는 진도 앞바다에 가라앉은 게 아니라, 끝없는 탐욕과 이기의 부정직하고 부도덕한 우리 사회에 가라앉았다. 그런 차원에서 우리가 이런 왜곡된 사회를 바로잡으려고 노력하지 않는다면 세월호 아이들과 유가족들을 어떻게 대면할 수 있겠는가.

꽃으로 돌아오라

시인들의 말

바람이 분다.

너의 주변을 맴돌던 바람이 내게로 분다. 벚꽃 향기 묻은 바람이 분다. 콧속을 간질이고 볼을 어루만지는 바람이 분다. 바람이 부는 날 나도 바람이 된다. 너에게로 가는 바람이 된다. 바람으로 불어 네 곁에 내 자리를 만든다. 자리를 만들어 거기서 머무는 구름이 된다. 온종일 글썽이는 구름이 된다. 잠도 들지 못하는 밤일 바에야 차라리 구름으로 머물고, 허공을 맴도는 날개를 가진 구름 부족이 된다.

그 여객선에 머물던 발자국들, 허공에 점점이 찍은 발자국들이 햇살을 튕기고 있다. 증발되지 않는 기억들이 새 떼처럼 머물고, 검은 이야기를 밤마다 들려주는 갈매기들이 머무는 물의 나라. 물고기들이 지키는 여객선.

웅장한 여객선에 내 아이가 머물렀다. 내 아내가, 내 남편이 머물렀다. 어머니가 머물고 아버지가 머물렀다. 여객선을 기다린다. 부서진 모습으로라도 어서 내 곁에 오라. 내 사랑이 머물던 여객선을 어서 봐야겠다. 가슴 아픈 사랑의 흔적, 역사의 현장을 두 눈으로 확인해야겠다. 지울 수 없는 고통과 슬픔을 수많은 가슴에 짓이겨 새기고 역사에 아로새긴 부서진 여객선의 갈비뼈를 두 눈으로 확인해야겠다.

권순자

▨ 국가는 없다!

"이게 나라냐!"라고, 요즘 말들이 많은데 정확히 말하자면 원래 나라가 그런 것이다!

'국가'라는 것이 원래 '국민'을 쥐어짜기 위한 하나의 장치에 불과한 것이다. 국가의 수호라는 명분으로 법을 만들고 그 공포를 이용하여 존립하는 것이다. 그것은 다만 지배계급인 권력자와 자본가, 일부 기득권자의 이익을 지키는 것일 뿐이다.

"이것이 나라냐, 라고?"

그렇다. 전에도 무수히 이런 것이 나라였고 그런 나라에서 그것이 국민이 되었든 인민이 되었든 민중이 되었든 그들은 무조건 수탈과 착취의 대상이고 목숨마저도 그들 자신의 것이 아니었다.

나라는 원래 '가진 자'가 만들었고 못 가진 자는 그들의 덫에서 놀아나는 노예일 뿐이었다. 월급을 얼마간 받고 그래서 먹고 살 만하다고 정신줄 놓아버린 그 순간부터 그 자신 국가의 노예가 되는 것이다.

국가의 정의니 헌법의 수호니 이런 말도 안 되는 헛소리를 주문처럼 탄원하지 말라. 차라리 국가의 구성원이 아니라고 국가에 속한 국민이라는 하위 개념을 전복하고 그 국가의 모가지를 잡아서 휘둘러버려라!

국가는 없다!   김경훈

▨ 분노가 왜 희망인가?

분노는 불의한 사람에게는 생성되지 않는다. 정의로운 사람의 가슴에서 씨앗을 키우며 불꽃처럼 타오른다. 가령, 어떤 불의한 사람이 있다면 그는 분노다운 분노를 인식하고 감각하기는커녕 거부하거나 그로부터 도피할 것이다.

무엇엔가 분노를 느끼고 있다는 것은 살아 있다는 증거요 살

아가겠다는 내면의 몸부림이다. 체념이나 절망에 빠진 사람에게서는 당연히 그 어디에도 분노가 엿보이지 않는다. 자신의 처지나 환경을 희망으로 바꾸려는 의지도 찾아보기 어렵다. 결국 분노를 아는 사람이 희망이다. 크든 작든 그는 세상의 어둠을 깨워 일으키고, 곪은 상처를 치유하고, 빛을 주려는 열망을 지닌 사람일 수 있기 때문이다.

역사는 반복된다는 말이 타당하다면, 나쁜 역사가 되풀이 되는 악순환의 고리를 끊기 위해서라도 분노는 살아 있어야 하고 보다 더 아름다운 것으로 승화되어야 하지 않을까 하는 생각이 요즘 적지 않게 나를 지배한다.

김광렬

▧ 얼마나 신이 났겠는가? 그 지겨운 공부로부터 비록 3일간이라도 벗어난다는 것이. 그것도 잠깐, 배가 기우는데 선내 방송은 다들 동요하지 말고 그 자리에서 기다리라고만 한다. 주변에는 구조를 위하여 어선들이 몰려왔고, 헬기도 뜨고 경비정들도 출동했다는데, 구명조끼를 입고 바닷물로 뛰어들기만 하면 다 건져 올려 살릴 수 있었는데……

대통령이란 사람은 잘 구조하라고 지시 한 번 해놓고, 그다음 일곱 시간은 뭘 했는지 모른다. 어른들이 시키는 대로만 하면 다 살 줄 알았는데 결국은 그렇게 죽어가고 만 것이다.

창의적인 교육을 받고, 모험도 해보고, 도전도 해보았다면 그중에는 얼른 구명조끼를 찾아 입고, 사방에 몰려온 구조선들을 보며 바다로 뛰어드는 아이들은 없었을까? 해방 이후 입시에 내몰린 경쟁 교육의 결과가 만들어낸 사고이고, 사람의 생명보다는 돈이 귀하다고 여기는 물질 만능의 천민자본주의가 부른 화인 것이다.

결국 세월호는 전국 16개 시도 교육감 선거에서 13명의 진보 교육감을 탄생시켰다. 혁신학교를 앞장 세워 입시 위주의 경쟁 교육을 집어던지고 협력과 소통의 배움의 교육, 나만이 아닌 우리의 공동체의 학교를 만들어가는 교육 혁명의 불을 피우고 있는 것이다. 주입식 교육이 아닌 학생들이 배움의 주체가 되는 학습이 일어나는 학교를 열어가고 있는 것이다.

세월호 아이들의 희생은 결국 병신년 촛불을 이끌었다. 이 사고로 국민들은 국가의 존재가 무엇이며, 국가는 국민을 위해 무엇을 해야 하는지를 자각하기 시작한 것이다. 해방 이후 70년 적폐의 총본산 청와대, 그 안주인을 끌어낸 혁명을 성공시키고야만 것이다.

남북이 화해 협력하여 끝내는 통일을 이루고, 친일·친미·수구가 판치지 않는 나라, 좀 가난하더라도 희망이 있고, 일자리가 있고, 비정규직이 없이 미래의 꿈을 꿀 수 있는 나라, 사회적 약자들은 국가가 책임지는 나라, 핵 발전과 사드와 같은 국민 생명을 위협하는 것 하지 않은 안전한 민주공화국을 만들어나가라고 세월호 아이들은 외치고 있다.

김광철

🔳 하필이면 4월,
엘리엇은 왜 하필 4월을 그토록 잔인한 이름 속에 가둔 것일까.
슬픔은 슬픔을 부르고 눈물을 눈물을 껴안는다던가.
혹독한 시간을 헤쳐온 봄 앞에 4월은 유독 냉랭했다.
4·3 제주 항쟁, 4·19 혁명, 4·16 세월호,
이런 식의 슬픈 인식 번호를 달아주며 독설에 가까운 혓바닥으로 봄을 단련시켰다.
기다리지 않아도 봄은 온다는 말은, 거짓말이었다.
봄은 교묘하게 모습을 감춘 숨은 그림 찾기였고,
골똘히 찾아 헤매어야만 하는 수수께끼처럼 녹록치 않은 위장으로 우리 곁을 맴돌았다.

그렇게 숨어 다녀도 봄은 결국 모습을 드러냈지만,
팽목에서만은 예외였다.
아무리 둘러봐도 봄이 발붙일 자리는 어디에도 없어 보였다.
이빨을 드러낸 파도가. 매몰찬 바람이 등을 떠다밀었다.
그러나, 그 모든 냉대를 견디며 그곳에 발이 묶인 사람들이
있다.
아예 굳어버린 사람들, 최후의 1인까지 기다려온 사람들, 차마
일상으로 돌아갈 수 없는 사람들, 그들 곁에서 우리는 그들의 바
람막이가 되어줄 일이다.
슬픔으로 얼룩진 4월을 딛고 봄을 회복할 일이다.　　　김　림

▨ 봄의 시작은 꽃입니까.

생명들의 움직임에 사람들도 덩달아 설레는 계절입니다만, 마
음껏 내놓고 계절을 만끽 할 수 없는 4월이 오고 있습니다.

다분히 정치적인 시간을 보내고 있는 우리의 존엄은 어디에
있습니까.
동음다의어 "민주주의"는 촛불과 태극기를 훼손시켰고, 우리
가 아는 상식은 몰상식을 너머 무상식의 지경까지 이르렀습니다.
더군다나 사드 배치 문제는 넘어야 할 산입니다.

세월호가 침몰하고 3년이 되는 지금 유가족을 비롯한 국민에
게 시원한 말 한마디는 물론 제대로 된 사과와 추모도 없는 것에
통탄합니다.

세월호를 하루라도 빨리 인양하고 그에 대한 진상을 규명해야
한다는 마음으로 결집하면서 이 시를 씁니다.　　　김명신

🖼 팽목은 바람 한 점 불지 않았다.

허수아비 대통령 그녀의 파면 선고 후 밤을 도와 찾은 팽목항의 아침은 고요 그 자체, 촛불광장 승리의 환호성은 광장을 거쳐 아이들이 잠든 바다까지 따라왔으나

기다리다 지쳐 침묵하기로 작정한 아이들의 서러움과 분노가 얼마나 깊은지 오히려 너무나 고요하여 고개를 들어 빈 바다를 볼 수가 없었다.

섬과 섬 사이를 지나 먼 바다 동거차도,

바닥에 가라앉아 뻘밭에 갇힌 채 들려 올려질 날을 기다리는 깊은 슬픔

그곳까지 닿을 304명 참사자의 남은 가족들과 아직도 미수습된 9명의 가족들이 남아 세월을 깎아내며 기다리는 한숨과 눈물을 다시금 목도하게 된 팽목항

등대 가까이 이르자 부서지는 햇살 사이 먼 바다를 향해 날아가는 갈매기 몇몇 사이로 우리가 놓친 열여덟 살 봄꽃 같은 아이들이 살포시 내려앉더니 등대를 향해 삼삼오오 걸어오는 환시에 두 눈을 비벼 다시 바다를 확인하는 내가 있었다.

다섯 번째 찾은 팽목항은 처음 방문처럼 잠잠하고 고요하여 삼 년이라는 긴 시간 기다리다 지칠 대로 지쳐

지상으로 올라오길 거절하는 미수습자의 분노가 바다조차 잠잠하라 주문한 거 같아 목울음을 삼킬 수밖에 없었다.

그러나 배는 지상으로 올라와야 하고 왜? 어떻게? 그런 일이 생겼는가 세상이 알아야 하고

세월호 참사의 방관자와 방관을 도운 조력자들을 그 바다 앞에 세워 진실을 고하게 하여야 할 것이다.

등대를 등지고 방파제를 걸어 내려오는데 바람이 분다.

기다림의 의자 위에 놓은 물기 가득한 안개꽃 다발 뒤 낡을 대

로 낡은 기다림의 깃발 사이 기다림의 종이 울린다.

　　여기 우리가 있다고

　　잊지 말라고

　　여기에 있으니 다시 와달라고

　　그곳은 아이들이 있는 곳 팽목항이다.　　　　　　　김명지

🪨 골든타임, 여기에서 '금'은 사람들이 부여한 세속적 물질성을 벗어던지고, 자연이 부여한 희소성과 희귀성을 최대화한다. 그리하여 '금'은 교환할 수도 환산할 수도 없는 가치를 지닌 시간을 구체화한다. 그러나 이 말은 '세월호'와 관련되어 사용될 수는 없다.

이 정부가 '세월호' 침몰 직후 허망하게 흘려보낸 시간, 그녀가 어디에서 무엇을 했는지 아무도 알려주지 않는 시간, 그 시간. 닦이지 않는 유리창을 닦아야 했던 아이들의 시간, 금속성의 소음이 이명처럼 나라 전체에 가득찼던 시간, 그 시간. 슬픔조차 사치스러웠던 그 시간을 '골든타임'이라는 이름으로 등질화시킬 수 있을까?

'세월호' 참사가 있고 반 년이 지나지 않아 그녀가 국회 시정연설에서 그 더러운 입으로 '우리 경제의 마지막 골든타임'이라며 더럽힌 그 말을, 아이들이 '가만히' 죽어가야 했던 그 시간의 이름으로 부를 수 있을까?　　　　　　　　　　　　　　　　　김선향

🪨 추잡하고 더러운 암 덩어리를 권좌에서 끌어내리고 모처럼 환해지는 봄이다. 그러나 어찌 무겁지 않으리. 아직도 그것들은 뿌리가 뽑히지 않았으니 시원할 수는 없다.

힘을 숭상하는 자들은 일제강점기에는 일제에 붙어서 생명을 유지했고, 미국이 들어오자 미국에 붙어서 암세포를 길렀다. 총

칼을 앞세운 박정희, 다카키 마사오 시대에도 역시 그들은 살이 쪘다. 그들은 어디서든 반대하는 자를, 저들에게 위협이 될 만한 존재를 제거하기 위해 군대와 검찰과 경찰, 국정원의 힘을 이용했다. 이젠 법의 권위까지 빌려 '좆같이' 사는 존재들이다.

금수강산은 '적폐강산'이 되었다. 다카키 마사오가 권력을 움켜쥐고 우매한 인민을 윽박질러 '새마을운동'이라는 허울로 마을의 결을 허물고, 마음의 결까지 엉망으로 만들 때 악마의 씨앗은 이미 심겼다. '잘살아보세' 그 뒤에 남은 것이 이 '적폐강산' 아닌가. '좆같이' 사는 존재들에 대한 두려움에 살이 떨린다.

끔찍하다. 그 암 덩어리는 언제 걷히는가. 그것들이 사라진 봄이라야, 환한 봄이 아니겠는가? 나는 아직 봄을 맞지 않았다.

김이하

　　"제발, 제발 알려주세요. (세월호 아이들이) 왜 죽었는지, 도대체 무슨 짓거리를 하느라고 우리 애들을 죽였는지 좀 알려달라고요. 그거 하나만 알면 되는데요. 나 죽기 전에 그거 하나만 알고 죽자구요 제발. 왜 우리만 안 돼요? 왜?"

절규로 터져 나오는 유족의 오열은 진혼곡이었다. 계절은 또다시 4월 16일 봄으로 순환되어가고 있으니, 그 시간을 빌려 민들레의 넋, 노랑나비의 혼, 작은 새의 날개라도 돌아오시길 두 손 모았다.

2017년 3월 22일
1073일 만에
세월호가 바다의 수면 위로 올려졌다.

김자흔

　　눈물이 납니다. 보도블록 틈에서 피는 민들레만 보아도, 길

거리에서 미풍에 날리는 교복 자락만 보아도, 분식점에서 깔깔깔 즐거운 아이들 웃음소리만 들어도, 공원에서 서슴없이 입맞춤하는 젊은이들이 눈에 띄어도 속절없이 눈물이 흐릅니다. 2017년 4월 16일은 다시 부활절입니다. 당신 혼자 살아나셔서 뭘 하겠어요? 아이들과 함께 살아나셔서, 제주도 수학여행을 무사히 마치고 다시 안산 집으로, 단원고로 온전히 데리고 오셔야지요. 그 아이들도 떡볶이 먹으며 깔깔깔 웃고, 뜨겁게 포옹하며 입맞춤하고, 대학에 가고, 술잔도 기울이고, 철학도 이야기하고, 낭만도 알고, 취직도 하고, 시집 장가도 가고, 자식 낳고 손자 안고 지구와 함께 돌며 지구를 돌리고, 해야 할 것도 많고, 하고 싶은 것도 많잖아요. 그런데, 아무것도 할 수 없다니요. 봄볕 같은 엄마 아빠 품으로 영영 돌아갈 수 없다니요. 이게 말이나 되는 소리입니까? 딱한 당신, 예수여! 한겨울만도 못한 이 혹독한 봄, 꽃봉오리들을 수장한 국가는 왜 있는 것입니까? 이게 나라입니까? 종이배만도 못한 대한민국호가 침몰한 진도 팽목항에 쥐구멍이라도 찾아 들어가고 싶습니다, 나는. '선생이 나이다', 부인하고 저주하고 싶습니다, 나는. 아무리 둘러봐도 두꺼운 낯짝을 둘 데 없는 교사인 나는, 이 부활절을 신음합니다.

김정원

🦋 세월호 사건이 일어난 지 벌써 3년이 지났건만 여전히 진실은 바다 아래 가라앉아 있다.

꿈속에서도 이 세월호 사건을 기억해 우리 기억 속에서 절대로 절대로 잊혀지지 않기를……

무감각해지지 않기를 바란다.

다음은 맹골수도에서 날아든 한 아이의 톡 내용으로 아직도 생생하다.

(오전 7시 36분) 언니 오늘 수학여행 간다며??

잘 다녀와! 기념품

잊지 마 ㅋㅋㅋ

(오전 7시 40분) 사촌언니 : 그래 알았닼ㅋㅋ 다녀올게(하아트)

(오전 9시 25분) 사촌언니 : …언니가 말야, 기념품 못 사올 것 같아. 미안해.

(오후 4시 31분) …? 그게 무슨?

김지희

▨ 세월호 침몰은 단순한 해난 사고가 아니었다. 치밀하게 계획되었거나 정치적 이해관계 속에 방치됐던 어처구니없는 인재였으며 무능하고 무책임한 정부의 민낯이 빤히 들여다보이는 거울이었다. 꼬리에 꼬리를 물고 나오는 수많은 의혹과 분노는 사고를 수습하는 과정에서 더욱 증폭되었고 썩어빠진 정부가 내놓은 국민 안전이란 수습책 역시 자신들의 권력과 보직의 안전을 위한 통제 시스템으로만 강화시켰다. 대책 없는 그 대책의 여파로 국민의 생활은 더욱 불안하고 불편해졌으며 특히 섬 주민들의 불만은 나날이 높아져갔다.

대한민국의 고도 경제성장 뒤에는 농어촌의 피폐가 어두운 그림자로 드리워져 있다. 그중에 섬은 더욱 심하다. 거친 환경 속에서도 함께 나누며 더불어 살던 아름다운 공동체 문화와 전통적 가치관이 자본의 논리에 매몰되고 경제 개발의 사각지대에서 늘 소외될 수밖에 없었던 섬사람들이 뜬금없는 세월호 사건으로 더욱 큰 어려움을 겪게 된 것이다.

400여 년 전 공도정책으로 섬을 비웠던 조선은 쉽게 왜적에게 짓밟혔었고, 풍전등화 같은 위기의 나라를 구해냈던 거북선의 고장 여수도 세월호의 여파만은 비켜갈 수 없었다.

연인원 1,300만이라는 엄청난 관광객이 몰려오는 여수는 365개의 크고 작은 섬을 거느리고 있으며 섬과 육지를 이어주는 가장 먼 항로가 삼산면(손죽도, 초도, 거문도)을 경유해가는 거문도 항로다. 그 천혜의 아름다운 명승지 거문도 백도로 가는 항로에서 수십 년간 독점적으로 영업을 해왔던 선사가 바로 세월호를 운영하던 세모그룹의 '청해진해운'이었다.

세월호 사건이 터진 후 정부에서는 섬 주민들을 위한 합리적인 대책과 배려도 없이 거문도 항로를 운항하던 여객선사인 '청해진해운'을 운항면허 취소와 함께 강제 폐업을 시켰고 여객선은 묶어버렸다. 그러한 행정편의주의적인 발상에서 드러난 불편과 부작용은 죄 없는 섬 주민들이 고스란히 떠안게 된 것이다. 이러한 문제점들이 어디 이쪽뿐일까만, 그렇잖아도 젊은 사람들이 떠나간 섬은 아기 울음소리가 끊긴 지 오래고 학교마저 하나둘 폐교가 되고 있는 마당에 주민들의 삶의 질 향상과 편의에 동떨어진 허울 좋은 정책이나 사탕발림하며 순박한 섬사람들을 고통스럽게 하는데 어찌 그 분통이 노도와 같지 않을 것이며 거친 욕지거리가 쏟아지지 않겠는가?

섬은 국토의 최전방이고 소중한 가치를 지닌 대한민국의 재산이다. 이런 섬을 지키고 가꾸는 섬사람들을 무시하고 외면한다면 섬은 금세 비워질 것이다. 이는 매우 위험한 정책이 아닐 수 없다. 예로부터 우리 민족은 섬을 비우는 공도정책을 쓸 때마다 외침을 받았고 국운이 기울었던 역사적 교훈을 뼛속 깊이 되새겨야 할 것이다.

김진수

▨ 김현동 씨 2학년 10반 김다영 아빠, 참으로 긴 세월이다. 3년이 지나간다. 세월호로 딸을 잃은 김현동 씨를 알게 된 것은 1987년 6월 항쟁 전이다. 그는 1980년대 기독청년운동을 열심히 했다. 그 때 당시 민주화운동이었다. 한국기독청년협의회(EYC) 운동을 함께 했다. 지난해 여름 김현동 씨를 제주 강정 해군 기지 평화의 대행진 때 제주에서 만났다. 인생의 길에 한번은 꼭 만나야 할 사람이었다. 다영이 엄마가 만들었다는 다영이 이름이 새겨진 리본 목걸이를 김현동 씨가 내 목에 걸어주었다. 그것은 내게 무거운 십자가였다. 진실 규명의 십자가 인 것이다.

광화문 광장에서 세월호 진실 규명을 위한 동조 단식과 함께 진도 팽목항을 세 번 가보았다. 나는 3년 동안 안산의 합동 분향소는 몇 번 가보지 못했다. 하지만 광화문 분향소는 일주일에 두 번도 가고 세 번도 갔다. 그 결과 백만 촛불의 바다를 이루었고 천육백만 촛불을 밝혔다. 그렇게 세월호 진실 규명 촛불은 진화하였다. 세월호 304명의 죽음 7시간 진실을 규명하지는 못했지만 박근혜 대통령을 탄핵 인용, 퇴진시키는 원동력이 되었다.

촛불 시민혁명, 이제 성공적으로 실천하려면 적폐 청산, 부역자 처벌을 해야 한다. 그래서 다시는 세월호 304명 억울한 죽음과 같은 일은 벌어지면 안 된다. 다영이 아빠에게 내가 줄 수 있는 것은 짧은 시 한 편이지만 민주주의 회복을 위해 함께 동행하였던 것처럼 세월호 진실을 밝히기 위해 힘써야겠다. "기도합니다. 힘내세요. 다영이 엄마, 아빠……." 김창규

▨ 이별은 늘 아프다. 사랑하는 사람과의 이별은 몹시 아프다. 이유도 모른 채 죽음을 맞이하고, 영문도 모른 채 가족들과 이별을 강요당한 이들의 심정은 참혹할 따름이다. 마음의 준비도 없이 사랑하는 이들을 너무나 빨리 떠나보내야 했던, 사랑하는 가

족들 곁으로 영영 돌아오지 못한 채 별이 되어버린 가엾은 이들!

우리 시대의 무능과 무책임과 불통의 온갖 불편한 진실들이 얽히고설킨 채로 아직은 불가항력의 상황이지만, 우리가 아는 한 결코 거짓이 참을 이길 수 없으므로, 그렇기에 검은 세력들이 그토록 은폐하고 덮어버리려 했던 진실은 머잖아 만천하에 드러날 것이다. 이로써 가슴에 바윗덩이를 얹고 살아가는 가족들 마음의 짐을 다소나마 덜어줄 수 있을 테다. 저만치서 곱디고운 빛을 발하는 별아, 별들아! 손을 뻗어도 닿을 수 없구나! 그대들 너무나 멀리 있어 이토록 간절한 바람으로도 만날 수 없구나!

기다림의 기점이자 그리움의 부표가 되어버린 "2014.4.16." 세월은 그렇게 멈춰 서 있다. 돌이킬 수 없고, 닿을 수도 없기에 그리움의 몸집만 무장무장 키우고 있다. 심적 고통의 강도가 더 강해지고, 절망의 농도도 더욱 진해지고 있다. 숱한 세월이 흘러도 아물지 않을 상처―슬픔은 가슴보다 커서 이루 다 감싸줄 수 없고, 남아 있는 우리들의 슬픔은 아직도 현재진행형이다.

김채운

▦ 2014년 4월 16일은 상상을 초월하는 최악의 날이었다. 사람으로 사유한다는 것이 얼마나 무력한 존재로 거듭나는 것인지 그날 알았다. 사고야 항상 있는 것이고 사고를 수습하는 일도 항상 하는 일이다. 그것이 사람의 일상이기도 하다. 그러나 2014년 4월 16일은 달랐다. 일상의 기억이라고 하기에는 너무나 참담했다. 그날 이후 우리는 밤과 낮이 뒤바뀐 시간들 속에 설명해야 할 사람은 설명이 없고 설명을 들어야 할 사람은 설명하는 시간이었다. 그렇게 세월이 흘러 3년이다.

사유의 몰락, 그날 우리에게는 그런 비극이 찾아왔다. 나는 가끔 시위 현장에서 부당한 권력, 부당한 지시에 거부하는 것이 정당한 공권력이 해야 할 일이라고 전경과 의경 앞에서 고래고래 소리를 지르곤 했다. 물론 그들이 그런 결단을 내리기에 쉽지 않음을 몰라서가 아니다. 하지만 그렇게 그들이 일상처럼 부당한 권력의 방패로 사는 것이 무심한 일상이 되어서는 안 된다는 내 나름의 계몽활동이었다. 2014년 그날은 대한민국에 모든 공권력은 존재감을 잃은 날이다. 하지만 그 어떤 공권력의 수장도 자리를 버리는 모습을 보지 못했다. 사고 이후 나는 그런 현상도 받아들이기 힘들었다.

내가 사람인 이유로 내가 목숨을 끊고자 한 달여 동안 노력했던 IMF시절에 태어난 아이들이 조곤조곤 속삭이듯 친구와 일상처럼 대화를 나누며 침몰해가는 배 안에서 웃고 떠드는 천진함을 보며 설마설마 했다. 지금도 기우뚱기우뚱 출렁거리는 파도를 보듯 그날의 모습을 떠올리면 밤과 낮은 구분이 없다. 밤에는 잠을 이룰 수 없고 낮에는 부시시한 눈을 뜨고 맨 정신으로 지내기 버겁다. 그저 나라가 버린 어린 생명들이 그립고 그리울 뿐이다. 그들에 이름을 부르며 나라의 안녕을 기원하고 싶지 않다. 모든 생명 있는 것들 속에 사람은 사람을 부르며 사람의 안녕 속에 나라를 생각하였으면 좋겠다. 사람의 안녕 없이 나라의 안녕이 무슨 소용인가? 다시 세월호의 아픔을 생각하는 날 동안 우리의 일상은 정중동해야 하리라. 가만가만 생각하자. 사악한 공권력의 몰골을 보았다. 목숨을 걸고 지켜야 할 생명을 다시는 잃지 않기 위해 잠시도 긴장을 놓지 말자. 뒤늦은 후회라도 그렇게 살아야겠다. 그것이 나라가 버린 생명에 대해 우리의 죄를 갚는 일이리라.

김형효

▨ 아이들을 학교에 보내고 일 보러 가던 택시 안에서 '전원 구조'라는 뉴스를 듣고, 흘려버렸는데

그날 저녁 방송에서 참담한 소식이 나오고 있었다.

순간 뒤돌아 내 아이를 보고 말았다.

아, 이기적인 어미 같으니라고…….

거리에서 머리를 찰랑이고 깔깔거리는 아이들의 뒷모습을 보아도, 버스 안에서 가방을 끌어안고 졸고 있는 아이를 보아도, 횡단보도 건너편의 친구에게 손짓하는 아이들을 보아도 눈물바람이었다.

아주 한참 동안을 그랬던 것 같다.

정신을 어느 정도 차리고 보니 당사자들에게 닥친 재앙인 것만은 아니었다.

사람보다 돈이 먼저인 현실에서 누구도 느닷없는 참사로부터 자유롭지 못하겠지.

운동화 끈 꽉 매고 세상의 아픈 곳을 열심히 다니고는 있지만 살아 있다는 빚을 언제나 다 갚을는지 모르겠다.

봄은 또 오고 있건만.

김홍춘

▨ 약속이라는 말, 깃털처럼 가벼울 수 있고 천 근 만 근 묵직할 수도 있다. 그렇다고 누구와 어떤 약속을 했느냐에 따라 무게감이 다르다는 뜻은 아니다. 내가 아닌 다른 사람과 약속을 하거나 아니면 내게 한 약속으로는 무게를 확인할 수 없다. 그 약속을 지키고 있거나 지켰을 때 무게 중심을 느낄 수 있다.

세월호 참사 3주기를 앞두고 있다. 아직 참사 원인도 모른 채 3년이 지나가고 있다. 많은 사람들이 잊지 않겠다며 가방이나 옷 또는 손목에 세월호를 상징하는 노란 리본이나 배지를 달고 있다. 저마다의 방식으로 잊지 않겠다는 약속을 실천하고 있는 것

이다.

참사 이후 대통령과 책임 있는 자리에 있는 사람들이 유가족들에게 아니면 슬픔에 빠진 국민들에게 많은 이야기를 했다. 그약속을 지키고 있는 사람이 많았다면 참사는 끝이 나고 우리는잊지 않고 살아가면 됐을 텐데, 그들의 말과 약속은 깃털처럼 허공으로 날아가버렸다. 그들에게 약속은 처음부터 지키고 싶지 않았던 또 다른 명령에 불과했다.

아직도 돌아오지 못한 아이들이 있다. 선생님이 있다. 사람들이 있다. 약속을 헌신짝 버리듯 하는 사람들에게 약속의 의미를말한다는 것은 공허하다.

김희정

▨ 그날은 큰녀석이 수학여행을 떠난 다음 날이었다. 전화해보니 거제도라 한다. 비슷한 시기에 아이는 거제 주변을 돌고 또다른 아이들은 인천항을 출발했던 거다. 기막힌 일을 어이 필설로 다할까. 새벽에 입을 틀어막았는데도 곡이 새어나왔다. 공직에 있는 고향 친구한테서 다 죽어가는 목소리로 전화가 왔다. 어떻게 생각하느냐고. 한 이십 분을 퍼부어댔다. "개놈의 새끼들 압구정 애들이라면 저리 죽게 내버려뒀겠느냐고" "나라 녹을 어찌처먹었기에 저 지경으로 내박치느냐고" 까라지듯 대꾸하는 친구의 목소리가 들려왔다. 유민 아빠 김영호 씨가 더 이상 버티지 못하게 될 무렵 일이 한판 마무리되어 곧장 광화문 단식장에 합류했다. 아이의 학교가 청와대 근처라, 등교 때 자기들 보고 눈물흘리는 부모님들을 보면서, 여학생들은 울며 오고 남학생들은 부모님들 도와드리고 온다고 아이가 전했다. 직후 녀석들은 자기들끼리 주고받은 메시지가 있었다. 그게 무언지는 정확히 모른다.자기들 세대끼리만 공유한 무엇이었을 거다. 가방에는 노란 표지가 늘 달랑거렸다. 이제 대학 2학년, 언뜻 언뜻 세상을 바라보는

매서운 눈매에서 노란 불꽃이 보인다.　　　　　　　　　　　박광배

　▒ 차가운 바닷속에 잠긴 배 안에서 아직도 아이들이
우리들 손길을 애타게 기다리고 있다.
아이들을 구하지 못해 눈물 흘리다 머릿속까지 하얘지는
마른 고통에 세월호의 진실을 밝히겠다며 세월호의 주범 박근
혜 탄핵 구속의 촛불을 들었다.

　세월호 직전 부정선거 대선 무효 투쟁이 불타올랐다.
들고 일어나던 투쟁의 불기둥을 꺼트리기 위한
국면 전환용 세월호 고의 침몰이라는 의혹이 꼬리에 꼬리를
물었고 세월호의 진실을 밝히려는 노력자들에 의해 사실들이 일
부 밝혀지기도 했고 탄핵도 했지만 아직 멀었다.

　아마 세월호 진실이 낱낱이 밝혀지면 역사의 반동의 무리들은
역사에서 씨도 없이 사라질 것이다.
억울한 죽음을 밝혀 다시는 배반의 무리들이 나대지 못하도록
역사의 승리자가 되어야 한다. 이것이 죽음이 된 세월호 아이들
을 우리 손으로 살리는 길이다.　　　　　　　　　　　박금란

　▒ 광화문 국민광장은 차갑다. 꽃샘추위가 차가운 손으로 움
켜쥔 멱살을 풀어주지 않는 사월까지도 주변보다도 훨씬 쌀쌀하
다. 이는 주변에 즐비한 빌딩 등 사이에서 불어오는 찬바람 탓이
기도 하지만, 그만큼 제 앞만 가릴 뿐 함께 살아가는 이웃들을 고
려에 넣지 않는 냉혹한 자본 탓일 것이다.
　그런데 광화문 광장에 세월호 희생자들의 억울한 죽음을 신원
하고 진상 규명에 동참하는 텐트들이 세워지고 나서는 크게 달라

졌다. 이곳은 억울한 희생자들과 유가족들의 슬픔을 함께하는 시민들로 인해 오히려 주변보다 5도 이상 따뜻한 공기를 갖게 되었다. 광화문 광장에 쳐진 텐트에서 겨울밤을 지새는 이들이 베고 자는 돌베개도 그 가운데 하나이다. 지면에서 약간 돌출한 돌을 베고 한밤을 밝히는 이들의 잠자리가 왠지 따스하게 느껴진다.

함께 모여 진실은 끝내 승리한다는 것을 보여주는 이들의 힘! 그것이 곧 따스함의 원천일 것이다. 오늘도 그 따스한 품을 찾아 광화문 광장으로 돌베개를 베러 간다.　　　　　　　박몽구

▨ "피눈물 난다는 게 어떤 건지 이제 알겠다."

탄핵된 전 대통령의 말이다. 이 말을 듣고 실소를 금치 못했다. 공감 능력이 없는 장애를 앓고 있는 그는 세월호가 가라앉는 7시간 동안 무엇을 했는지 제대로 해명하지 못했고 면담을 요청하는 세월호 유가족들을 외면했으며 심지어 세월호 관련 선언에 동참했다고 작가들을 블랙리스트로 만들었다. 내 슬픔, 내 아픔만 중요하게 여기는 그를 두고 박노자는 극우나 수구의 문제가 아니라 인성에 문제가 있다고 어느 지면에서 지적한 적이 있다. 자신의 입장에 동조하지 않는 사람들을 무조건 종북으로 몰며 편 가르기 하다가 드디어 국민의 힘으로 권좌에서 쫓겨났다.

세월호 진상 규명은 이제부터다. 악천후에 왜 무리한 출항을 해야 했는지, 과적한 화물 중 철근이 많다는데 어느 용도로 쓸 것이었는지, 왜 급격한 변침을 했는지, 왜 구조를 안 했는지, 구조하겠다는 외국 군대를 막았는지…… . 3년이나 지났는데 아직도 온통 의문투성이다.

사월, 세월호가 가라앉은 달이다. 세월호가 물 위로 끌어올려져 음모와 거짓의 장막이 걷혀질 달이다.　　　　　　　박설희

▨ 어찌 잊을 수 있을까요? 어찌 편히 먹고, 마시고, 잠들 수 있을까요.

그날 이후 멈춰버린 고장 난 시계처럼, 아무것도 할 수 없었음을……

그 극한의 공포 속에서 비참하고 애통하게 죽어간 아이들과 선생님, 모두에게

해줄 수 있는 것이라곤 분향소를 찾아 부끄러운 눈물과 간간이 광장에서

무능한 정권, 폭압적인 정권에 맞서 진실 인양의 촛불을 밝히는 것뿐.

아직 끝나지 않아서, 잊지 않고 끝내 진실을 밝히는 일뿐.

어린 별과 꽃에게 그 약속을 지키는 일뿐.　　　　　　박재웅

▨ 기독교 신자도, 가톨릭 신자도 아니다. 그런데도 이번 겨울에 『사도 바울』, 『바울의 생애와 사상』, 「고린도전서」, 「갈라디아서」, 『예정된 악인, 유다』를 읽었다. 어떤 종교적 심경이 아니고는 이 겨울을 견딜 수 없을 것 같은 절박감 속에서, 광막한 사막 허공에서 들려오는 신의 음성 같은 것을 얻을 수 있기를 갈망했다. 그것은 기원에 가까운 것이었다. 로마제국의 압제 밑에서 고통과 슬픔을 견뎌야만 했던 유대인들의 삶을 생각했다. 이 유대인들 속에서 자신의 족속만이 아닌, 모든 민족의, 개인들의 구원을 추구했던 바울의 평생에 걸친 실천의 나날을 생각했다. 블랙리스트라는 것은 시간이 흐를수록 더 깊은 고통을 안기는 것이었다. 누군가가 누군가를 무엇인가로 낙인 찍는다는 것, 주홍글씨든, 노예의 표징이든, 백정의 호적이든, 세월호 성명에 참여한 자든, 그 모든 낙인은 씻을 수 없는 마음의 고통을 만들고, 고통받는 자가 오히려 '참회'하지 않을 수 없는 상황을 빚어낸다. 겨울을 견디며,

참회하지 않고는 견딜 수 없건만, 도대체 무엇을 참회해야 하는
지는 알 수 없었다. 그렇게 12월, 1월, 2월이 가고 3월이 왔다. 오
늘 7일. 춘한이 깊어 세상은 봄인데도 춥디춥다. 이상하게도 나는
신을 팔아넘긴 유다의 회한 같은 것에서 헤어나지 못한다. 무엇
인가, 나를 초월해 있는, 나보다 더 크고 높은 것이 있어 나를 이
세상 끝 어딘가로 이끌어가 구제해주기를 기원하고 싶다. 세 번
째 맞는 416을 차마 고개 들어 바라볼 수 없다.   방민호

  ▨ 일곱 시만 되면 배가 꼬인다. 배를 움켜쥐고 화장실에 간
다. 볼일을 보고 물을 내리는데도 일곱 시간은 떠내려가지 않는
다. 둥둥 떠다니는 똥 덩어리. 기분 나쁜 똥 덩어리, 그 일곱 시
간 때문에 뒤를 본 것 같지도 않다. 세월호에서 빠져나오지 못한
304명의 얼굴이 떠오른다. 둥둥 떠다니는 사진들. 움직이지 말라
는 말이 이렇게 무서운 말인 줄 몰랐다. 이번 촛불시위에 빠지지
않고 나갔다. 그 똥 덩어리를 처분해야 했으므로. 가만히 있을 수
없었으므로.
  섬처럼 떠 있는 사람들이 있다. 그 섬엔 많은 시민들이 산다.
노란 리본을 달고 촛불처럼 하얗게 가슴은 빨갛게 타오르는 사람
들. 빌딩과 빌딩 사이, 자동차와 자동차 사이, 사람과 사람 사이,
들어오고 나가는 배 한 척 없어도 함께 출렁이고 있는, 같이 흔들
리고 있는, 4월로 기울어져가는 촛불들.
  비밀은 끝내 비밀이 될 수 없다. 소문은 창백해지고 비명은 그
물에 걸려 윤곽을 드러낼 것이다. 바다에는 귀가 있다. 파도를 가
로지르는 말들을 따라 갈매기의 자유를 찾아 훨훨 날아갈 것이
다. 너의 발자국을 건져낼 것이다. 바다처럼 깊은 기다림의 날들.
  결국 똥 덩어리를 치워버린 날, 그날 봄이, 환한 봄이 올 것
이다.   봉윤숙

▨ 세월호 3주기이다. 자식을 가슴에 파묻은 사람은 살아 있는 무덤을 한 채씩 지니고 산다. 2014년 4월 16일 아이들은 설레는 마음으로 배에 올랐다. 어른들의 말을 믿고 배에서 기다리던 아이들. 하지만 우리는 아이들의 믿음에 응답하지 못했고, 아이들은 끝내 그리운 가족의 품으로 되돌아오지 못했다.

아이들이 탄 배가 조금씩 차가운 바닷물에 잠길 때, 우리는 심장이 타들어가는 안타까운 심정으로 모두 기도했다. 아이들이 죽음이 임박해오는 그 시간의 공포를 우리 또한 피눈물로 함께 했다. 지금도 아이들을 잃고 고통의 시간 속에 계실 유가족들에게 시와 산문으로나마 힘을 드리고 싶다.

광화문 광장에서 절규하던 유가족이 눈물과 분노 그리고 여전히 잘못을 시인하지 않는 무능한 정치권력. 그래서 우리는 세월호 특조위 연장을 위하여 광화문 광장에서 단식농성을 하고, 촛불을 들고 청와대로 행진을 했다. 사람들이 사람답게 살 수 있는 사회, 아이들을 사고로 잃지 않는 사회를 만들기 위해.

우리 삶 앞에는 헤아릴 수 없는 비극적 상황이 도래하지만, 절대로 잊어서는 안 되는 것들이 있다. 세월호 참사가 바로 그 목록 첫머리에 놓여야 할 것이다. 세월호 참사는 이익만을 탐하는 자본의 논리와 부패하고 무능한 권력의 커넥션이 만들어낸 비극의 합작품이다. 우리 사회의 문제점을 압축한 거대한 상징 그 자체이기에 다시는 되풀이되어서는 안 될 것이다. 아이들아, 우리는 너희들을 절대 잊지 않을게. 그리하여 그대들은 늘 우리와 함께 할 것이다.

서안나

▨ 호수의 버들벚나무들은 이미 물감을 풀었는지 가지 끝마다 연둣빛이 돈다.

세 번째 계절이다. 드문드문 추모객들과 조금 드센 바람, 안산

일대 가득 채웠던 수많은 추모 인파들 속에 폭양의 여름과 삭풍이 도래할 때까지 줄을 섰던 그해 매일매일 흘렸던 눈물. 아무것도 해결된 것 없이 삼 년이다. 박근혜가 청와대에서 쫓겨난 역사적 사건으로 무언가 가까워지는 것들. 세월호 인양 소식은 그 희망만으로도 불행이라는 관념에서 벗어날 수 있을 것 같다. 거짓으로 점철된 정권, 그 잔존 세력들은 아직도 나라를 좌지우지하고 안심하기엔 이르다.

꽃과 바람만을 쓰자고 했던 사월의 먹먹함은 해산달의 육체처럼 고통으로 찾아온다. 사월이 지나고 나면 각자 생활에 바빠 또 희미해지는 이름표다. 뼛속까지 속속 스미는 상실감에 더 큰 상실감을 더했을 유족들. 바람 든 무처럼 숭숭 뚫린 허전함으로 더우나 추우나 길에서 길을 묻는다. 우린 유족들에게 빚을 지고 산다.

벚꽃 경선, 장미 대선. 아름다운 이름의 투표 행위로 이변이 없는 한 민주정권으로의 교체다. 마침내 들을 귀를 단 사람들과 마주할 수 있을 것이다. 그런 후에야 봄이다. 봄은 있다.

성향숙

🌑 세월호 이전의 나와, 세월호 이후의 나는 다르다.
사건이 벌어진 뒤 작가들과 함께 곡기를 끊고 광화문에 누웠다.
아무것도 밝혀지지 않은 봄이 자꾸만 와서, 이제 '세월호 사건'은 3주기다.

혁규는 일곱 살. 한 살 만 더 있으면 초등학교에 갈 나이.
닥치는 대로 막노동을 한 엄마와 아빠는 마침내 종잣돈을 모았다. 엄마의 고향 베트남처럼 따뜻한 제주도에 땅을 샀다. 감귤 농사를 짓자고, 혁규도 지연이도 제주에서 학교를 다니자고.

희망처럼 발돋움을 하며 제주로 향하던 네 가족.

동생(지연)에게 구명조끼를 벗어주고 혁규는 아빠(권재근) 엄마(한윤지/베트남 이름 : 판녹탄)와 함께 죽었다. 엄마가 시체로 땅을 다시 밟은 건 1주일 만의 일이다. 미수습자 9명에 혁규와 아빠가 있다.

졸시 「답장」은 세월호 1주기(2015) 시청 광장에서 현장 낭송을 한 시다. 우리의 예상을 뛰어넘고 캄캄한 광장에는 4,016명을 훨씬 웃도는 촛불 시민들이 몰려들었다. "세상에서 가장 슬픈 도전"이었다. 이로써 세월호 사건은 기네스북에 등재되었다. 첫 걸음이었다.
석삼년도 안 되어 대통령이던 박근혜는 천만 촛불에 밀려 탄핵을 당했다. 　　　　　　　　　　　　　　　　　　양은숙

▨ 난 오늘 광화문 광장의 세월호 단식 농성장에 가보았는데 갈증이 나고 배가 고프고 힘이 들고 너무 슬펐다. 팔다리 없이 수습된 아이들이 있어서 찾아야 하기 때문에 배를 절단하면 안 된다는 어느 유가족분의 말씀 때문이었다. 아직 세월호에는 사람들이 있다. 누군가의 팔, 누군가의 다리, 누군가의 책가방, 누군가의 일기장, 누군가의 갈비뼈, 누군가의 아이가⋯⋯

모든 영화도 끝이 나고 음악도 끝이 나고 모든 것이 끝이 있는데 비밀과 의혹이 묻어 있는 이 이상한 이야기는 끝이 나지 않고 있다. 끝이 날 수는 있을까? 사람들이 2년째 길 위에 있다. 노래가 하나 생각났는데 이 노래는 우리가 떠나지 못한 시간 속에 아이들이 도착하지 못한 시간 속에 있다. 광화문 광장 세월호 단식 농성장 지상의 어느 언어에서도 어느 책에서도 위로의 말을 찾지 못한 우리는 뙤약볕에 그냥 함께 앉아 있다. 신부님도 오시고 수녀님도 오시고⋯⋯ 　　　　　　　　　　　　유경희

🔳 우레 우는 소리였다가, 파도 우는 소리였다가, 귀뚜라미 염불소리였다가, 매미들의 찬송가였다가……, 세월호 참사가 일어난 지 삼 년째, 귀에서 이상한 소리가 들린다. 그 소리를 받아 적는 문자들이 손사래를 친다. 그 비리를, 그 슬픔을, 그 통곡을……, 이깟 문장으로 표현할 수 있겠냐고, 이명증(耳鳴症)이 회초리를 든다.

우레 우는 소리였다가, 파도 우는 소리였다가, 귀뚜라미 염불소리였다가, 매미들의 찬송가였다가……, 세월호 참사가 일어난 지 삼 년째, 귀에서 이상한 소리가 들린다. 그 소리를 받아 적는 문자들이 손사래를 친다. 그 비리를, 그 슬픔을, 그 통곡을……, 이깟 문장으로 표현할 수 있겠냐고, 이명증(耳鳴症)이 회초리를 든다.

2014년 4월 16일, 침몰하는 세월호 안에서 울부짖던 304명의 목소리들을 들었다. "말을 못 하게 될 것 같아서 문자 보내요, 엄마 아빠 사랑해요, 배가 점점 더 기울고 있어요, 이러다 우리 다 죽는 거 아냐?"……, 차마 다 적지 못 하겠는 유언이 된 말들, 다시는 들을 수 없는 비가(悲歌)들이 이명증(耳鳴症)이 되었다.

2017년 4월, 다시 살얼음이 녹지 않는 봄이다. 개나리들은 노란 리본을 달고 광장으로 몰려들 것이다. 나비가 된 영혼들은 "왜 죽었는지, 이유라도 알려달"라고 울고 있다. "아직도 세월호 안에 아홉 명의 사람들이 있어요, 그 사람들을 구해주세요!" 피켓이 울고 있다.

"생존권을 외면한 대통령은 파면(罷免)"을 당하고도 "자각"할 기미조차 보이지 않는 세월이다.

유순예

🔳 아이들이 우리 곁을 떠난 지 3년이 되었다. 차디찬 바닷속에서 숨 멎기까지 얼마나 고통스러웠을까 생각하면 가슴이 먹먹

할 뿐이다. 내가 이런데 부모들이야 오죽할까. 그러나 더 이상 우리를 슬픔과 고통에 가두어두지 않았으면 좋겠다. 빨리 선체를 인양해서 수습하지 못한 나머지 아이들을 데리고 나와야 할 것이다. 또 밝혀내지 못한 나머지 진실들도 하루 속히 밝혀내야 한다.

세월호와 함께 심연으로 가라앉은 아이들과 다른 희생자들이 이제 우리에게 슬픔과 절망이 아니라 희망으로 기억되기를 기대해본다. 사실 세월호는 진도 앞바다에 가라앉은 게 아니라, 끝없는 탐욕과 이기의 부정직하고 부도덕한 우리 사회에 가라앉았다. 그런 차원에서 우리가 이런 왜곡된 사회를 바로잡으려고 노력하지 않는다면 세월호 아이들과 유가족들을 어떻게 대면할 수 있겠는가.

태양의 신전 마추픽추가 있는 안데스 산맥은 아주 오래전인 후기 백악기(약 7,500만 년 전) 시절에는 심해였다. 그런 심해가 지구의 지각 활동으로 태양과 가장 가까운 지형으로 변화되었다. 우리의 세월호 아이들도 진도 앞바다의 저 깊은 심연에서 솟구쳐 우리와 우리 사회에 '사랑과 협동과 평화'라는 공동체적 삶의 가치를 실현하는 하나의 증표로 부활했으면 한다. 마치 마추픽추를 비추는 태양처럼 말이다.

유종순

▨ 길거리에 버려진 쓰레기들을 보고 버린 이들을 욕하려다 그만두었다. 치우지 않고서 욕만 하면 나도 결국 똑같은 이다. 인간의 본성상, 앞으로도 똑같은 행동을 할지 모른다. 그때에 변호할 사람을 찾을 수도 없다는 생각을 했다. 이런 사소한 건에만 적용되지는 않는다. 오늘날 위정자의 자리에 버려진 쓰레기(물론 우리가 뽑지 않았고 윗선에서 자기 멋대로 뽑은 것)를 내버려두었기에 세월호 사건이 벌어졌다. 우리가 알듯이 바이러스를 치료하지 않으면 병에 걸려 죽고 만다.

거의 빈사지경의 도덕을 지닌 부패한 위정자들이 우리 위에 군림했지 않은가. 그런 도덕을 가진 이들이 우리의 권력자로 군림했던 것은 우리의 일부가 더러웠기에 만들어진 필연이었다. 우리의 한 면이 다른 이들에게는 우리를 보는 통로이다. 관심이 없어 방치했기에 드러나보이는 모습도 우리의 한 면이요, 제거해서 보이지 않는 면은 우리의 한 면이 아닌 것이다. 옆 사람이 더러워져 있다면 나도 더러워지지 않을까 걱정하는 마음으로 치워야 한다. 더러운 것을 가만히 보고만 있었기에 우리는 (불타는 로마를 자신의 시 소재 정도로밖에 여기지 않은 네로처럼) 세월호를 방치하다 못해 즐기기까지 한 악한 위정자를 겪어야 했다. 다행히도 악에 침묵하지 않는 시민들이 우리의 한 모습이었기에 우리가 재기 불능은 아니다라는 것을 보일 수 있었다. 그들이 간신히 살려낸 우리의 깨끗함을 지켜나가며 우리 모두의 모습으로 만들기를 기원한다.   윤선길

▨ 2017년 3월 10일. 잊을 수 없는 역사적인 날이다. 박근혜 대통령이 오전 11시 21분 파면되었다. 헌재는 탄핵 인용되는 전 과정을 생중계했고 국민은 TV로 긴장된 순간을 지켜보았다. 주문이 끝나는 순간, 탄핵 인용과 기각을 두고 치열하게 싸운 거리 현장에서 환호와 분노가 동시에 터져 나왔다. 인터넷과 TV 채널은 헌재의 탄핵 선고를 연거푸 재방송하고 있다. 축제를 즐기는 사람들은 치맥을 찾고, 태극기를 들었던 극우강경파는 헌재 앞에서 격렬한 시위 중이다. 오늘의 이 역사는 가을부터 봄까지 촛불집회 5개월의 뜻깊은 결과다.

국정 농단에 맞서 싸워온 촛불 승리는 값진 것이다. 주말마다 촛불을 든 집회는 지난주까지 19차였고 전국 1,500만이 다녀갔

다. 내일은 마지막 20차 축제 집회다. 그간 촛불 국민은 가을에서 초봄까지 민주주의 거대 항쟁을 치렀다. 외신은 대한민국 촛불의 항거를 민주주의의 승리로 기록했다. 대한민국 국민의 힘이다. 이제 일상으로 돌아가야 할 때가 왔다. 분노를 잠재우고 냉정해져야 한다. 탄핵은 인용되었고 헌재의 결정에 불복할 수 있는 수단은 없다. 한국 최초의 여성 대통령이자 독재자의 딸, 박근혜 전 대통령은 국내 최초로 파면된 대통령이라는 수식어를 달고 민간인 신분이 되었다.

이제 조기 대선에 임해야 할 때다. 두 눈 크게 뜨고 좋은 대통령을 발굴해야 한다. 같은 실수를 되풀이해서는 안 된다. 나라의 주권인 국민을, 역사를, 양심을 두려워할 대통령을 뽑아야 한다. 그것이 우리의 주권을 수호하는 길이다.

세월호를 타고 돌아오지 않는 아이들, 벌써 3주기다. 봄이고 곧 4월이다. 아이들은 대통령의 탄핵 인용을 알까. 우리 마음속에서 꽃과 나비가 된 아이들, 왜 자신들이 죽어야 하는지도 모르고 죽었다. 온 국민이 슬픔과 안타까움으로 지켜볼 수밖에 없던 시간에서 3년이 흘렀다. 눈으로 보면서도 믿기 어려웠던 참사였다.

우리는 여전히 아이들을 떠나보내지 못한다. 여전히 그립고 꽃다운 소년소녀들을 기억하고 있다. 오늘 뉴스가 아이들에게 조금이나마 위로가 되었을까. 다시는 이런 슬픔을 반복하지 않아야 한다. 아이들을 지켜주지 못 하는 무능한 국가나 어른은 되지 말자. 정의가 숨 쉬고 약자를 보호하는 나라의 국민이 되자. 좋은 나라, 좋은 정치를 만들고 잘 사는 경제, 복지국가에서 우리 모두 빛나게 살자.

밝은 미래를 현재로 만들 때 아이들에게 조금이나마 빚을 갚는 일이다.

불러도 대답 없는 아이들, 꽃 피는 새봄 4월에 대답해줄까. 잊지 않고 기억해온 아이들의 이름을 다시 불러주자. 종달새처럼 아이들은 대답해줄 것이다. 귀를 크게 열고 목소리를 듣자.

이가을

▨ 씨앗 하나가 날아와 싹이 튼다. 위로는 줄기가 자라고 아래로는 뿌리가 자란다. 생장점과 뿌리가 점점 멀어진다. 그러나 다른 존재로 분화하는 것이 아니라 더욱 한 존재로 완성된다. 단어하나가 날아와 분열하고 증식한다. 이전의 생에는 없던 단어다. 삶의 국면이 사고의 변화에 영향을 미쳤다는 의미에서 낯선 단어의 내면화는 일종의 내란이다. 세계관은 찢어졌다가 아물면서 하나로 온전해진다.

세월호 이후에 '비천'이 내게로 왔다. '컵라면'이니 '교통사고'니 '시체 장사'니 같은 행위와 단어들을 끊임없이 생산해내는 집단은 나날이 공고해졌다. 거짓을 거짓으로 포장하기 위해 더 많은 거짓을 동원하고, 많은 이의 피눈물을 대통령의 단 한 줄기의 냉혹한 눈물로 희석시켰으며, '피로도'로 국민을 감염시켰고, '진실'과 '애국'의 개념을 교란시켜 나라를 서슴없이 아낌없이 절단냈다. 이 모든 것이 '비천'이라는 자루에 담겨 나를 후려쳤다. 나는 쓰러졌다.

체제에 잘 길들여진 채로 데모 한번 해보지 않고 반평생을 넘게 살아왔다. 그것은 얼마나 비천한 삶이었던가. 비천을 벗으려고 나는 저들의 광활한 비천 한복판으로 걸어 들어갔다.

이영숙

▨ 사무실에서 5분만 걸으면 제주항이 한눈에 내려다보이는

언덕길에 오를 수 있다.

백 년이 넘은 산지등대가 오롯 서 있는 산책길은 제주 시민들이 즐겨 찾는 사라봉과 별도봉으로 이어지고, 그 길에 서면 가끔 멀리 추자군도가 성큼 다가오는 푸르러 더욱 망망한 풍경과 마주치기도 하는. 제주 바다는 그렇게 깊고 맑아 아름다운 얼굴을 지녔다.

그 봄 이후, 자주 그 길을 걸었다.

맹골수도가 저기쯤이리라 여기며 자꾸 북쪽을 바라보는 버릇이 생겼다.

슬픔을 조금이라도 나눠지는 속죄의 방식이었다.

하루에도 몇 차례씩 뱃고동을 울리며 제주항을 드나드는 여객선들과 승객들이 줄지어 내리는 터미널을 보며 아이들에게 미안했으므로.

출발은 했으나 끝내 도착하지 못한 수학여행.

아이들이 그토록 오고 싶어 했던 제주에 사는 것만으로

나는 충분히 죄인이었다.

몇 번의 봄이 지나가는 동안, 꽃들은 왜 눈치 없이 저리 환하게 피어나는지 노란 유채꽃을 보면 팽목항의 리본들이 떠올라 다시 슬펐다.

천 일이 지나고, 다시 꽃피는 사월.

4·3의 땅 제주에 고통스런 기억 하나가 보태어졌다.

잊고 싶어도 잊을 수 없는,

결코 지울 수 없는 깊고 푸르며 노란, 아이들의 이름들.

이종형

▓ 브레히트의 시 중에 「살아남은 자의 슬픔」이 있다.

물론 나는 알고 있다. 오직 운이 좋았던 덕택에 나는 그 많은 친구들보다 오래 살아남았다. 그러나 지난 밤 꿈속에서…… 이 친구들이 나에 대하여 이야기하는 소리가 들려왔다. "강한 자는 살아남는다." 그러자 나는 자신이 미워졌다.

우리는 모두 약자였기에 죽어야만 했던 것인가? 단지 강하지 못해서 나는 내가 미워지는 것인가? 그것은 아니다. 슬픔은 강약의 힘이 아니며 무화되지 않는다. 분노가 힘이 된다. 분노는 시간이 지나면 사라져도 슬픔은 결코 사라지지 않는다.

세월호 2주기가 지나고 20주기, 30주기가 지나고…… 내가 늙어 죽어도 슬픔은 누군가의 가슴속에 영원토록 남아 있을 것이다. 죽은 아이들이 죽지 않고 푸른 바닷속에서 해맑게 웃는 얼굴 그대로 살아 있을 것이다.　　　　　　　　　　　　　　　임성용

🔲 세월호에 관한 말이라면 도저히 종결어미와 마침표로 완결된 문장을 만들 수 없어서 외마디 비명을 내지른다. 고작 말문일 뿐인 말을 옹알이처럼 열고…… 어찌할 수도 없이…… 그것도 한두 해 언어도단의 절벽을 지나온 후에야 비로소…… 시로 비명을 토하고 싶지는 않았으나 세월호에 관해서는 그 외의 방법을 도무지 알지 못하겠다.

주유소나 점포의 홍보 행사에 등장하는 풍선 인형은 자본주의 이벤트의 상징물이다. 땅바닥에 발이 붙들린 채 송풍구의 방향에 따라 사방팔방으로 만세를 부르다가 고꾸라지고, 다시 튀어오르다가 허리꺾기를 거듭하며 자본주의 축제를 구가하는 그 현란한 몸짓을 보고 있으면 축제의 즐거움보다는 몸속에 비통이 차오른다. 저 인형의 몸속도 나와 같을 것이다.

아무리 팔을 뻗고 하늘을 향해 뛰어오르려 해도 막아서는 허공의 벽에 부딪혀서 고꾸라지기를 거듭하는 그 관절꺾기 슬픈 춤…… 거대한 자본의 시스템 안에서 아무리 발버둥을 쳐도 벗어날 수 없는 우리의 자화상이다. 광란의 자본주의 축제에 동원되고 있는 우리의 참담한 도구적 현실이다.

자본 시스템의 총체적 결함과 부패의 결과로 일어난 세월호 참사. 백주대낮에 멀쩡한 생목숨들을 수장시켜놓고 마치 이 세상에서 사람의 목숨이 어떻게 사라져갈 수 있는지 빠짐없이 보여주기라도 하겠다는 듯, 시간을 세며 차근차근 가라앉혀버리고 만 그 세월호를 발을 동동 구르며 속수무책 바라볼 수밖에 없었던 그…… '야만'이라는 이름으로도 성에 차지 않아 사전을 아무리 뒤져봐도 이름 붙일 수 있는 단어를 도무지 찾아낼 수 없었던, 그 기괴한 일이 벌어진 2014년 4월 16일을, 나는 주유소 앞이나 신장개업 할인마트 앞에서 싫어도 어쩔 수 없이 자꾸만 마주친다. 풍선처럼 즐겁게 들떠서 소풍을 갔다가 돌아오지 못한 열여덟 살의 아이들을…….

전비담

▨ 시가 써졌다.

아직 내 간절함은 자식 잃은 저 부모의 슬픔에 가닿지 못한 까닭이리라.

하나 어쩌랴 하릴없는 나로서는 그저 광장에 나가 촛불 하나 더 밝히고 한 줄 글이나마 옮겨 적는 것 말고는…….

정기복

▨ 자본과 권력의 결탁으로 바다에 수장된 세월호의 침몰은 자본과 권력에 혹사당하고 있는 이 땅의 비정규직 노동자의 삶과 같다. 비정규직 노동자가 살아가기 위해 어쩔 수 없이 연장, 특

근, 휴일 노동 등 수난을 당하듯, 20년이 한계였던 세월호의 노동력은 자본과 정권과 관료에 의해 30년으로 늘어나는 수난과 증축이라는 수난을 동시에 당했다.

택배 특수고용 노동자가 할당량을 무리하게 배정받듯, 과적된 화물들은 세월호가 감당하기에는 너무나 무겁고 버거운 짐이었다. 병든 비정규직 노동자가 제때에 제대로 진료를 받지 못하듯 고장 난 세월호의 부품들 또한 제때에 제대로 정비를 받지 못했다. 가난한 비정규직 노동자가 최소한의 생계비마저 착취당하듯 노쇠한 몸이 버틸 수 있는 최소한의 평형수마저 착취당했다.

비정규직 노동자가 사랑하는 가족을 가슴에 품고 막막한 노동판에서 병들어 죽어가듯, 세월호는 사랑하는 우리의 꽃다운 어린 생명들을 가슴에 품은 채 망망한 바다에 수장된 것이다. 심해 바닥 깊이 수장된 이러한 진실들이 모두 인양되어 세상에 밝혀진 후에도 우린 세월호를 두고두고 결코 잊어서는 안 된다.　정세훈

▨ 광화문 세월호 추모 행사에서 내가 추모시를 낭송하고 있을 때였지. 어느 희생자의 어머니였던지는 알 수 없지만 "또 다른 방주 타고 오시라"는 나의 추모시를 읽어 내려가던 도중에 갑자기 실신하며 오열을 하는 바람에 함께 흘러내리는 눈물과 북받쳐 오는 목소리를 참아내느라 시 낭송이 어려워지고 그럴수록 그 어머니는 더욱더 차디찬 콘크리트 바닥에 드러누워 몸부림치던 와중에 가까스로 시 낭송을 마친 적이 엊그제인데 아직도 제대로 진상 규명이나 세월호 인양 어느 것 하나 제대로 이루어진 것이 없는 채로 3주기가 가까워온다.

끊임없이 세월호 참사의 내막을 감추려는 자들에 맞서 처절하게 맞섰던 동조 단식에도 아랑곳없이 숱한 희생자들만 줄지어 확

정되고 있었고, 그렇게 세월호를 침몰시켜 304인의 소중한 생명들을 수장시키고도 이 나라는 진상 규명을 원하는 유족들에게 해양 교통사고를 빌미로 시체 장사를 한다는 추호도 용서할 수 없는 악담을 서슴없이 해대는 무리들과 함께 숨 쉬고 살아야 한다는 사실이 두렵고 무서웠다! 아득히 슬프고도 끔찍한 일이었다!

세월호를 대하는 인면수심의 정권은 마침내 온 국민들에게 끝없는 절망과 나락을 겪게 하였고 드디어는 주말마다 백만의 시민들이 촛불을 들지 않고는 도저히 견딜 수 없도록 국정을 파탄내고야 말았는데도, 한편에서는 온몸에 신성한 태극기를 휘감는 모독으로 그 범죄자들을 옹호하기에 급급한 나라라니! 아! 천벌을 받을 것이다. 세월호는 바로 그 국정 파탄을 예언하는 암시였던 것이다. 그 어떤 변명도 세월호로 희생된 저 수많은 넋들의 위안이 될 수 없으리라!

그렇게 희생된 304인의 억울한 죽음을 풀어주기 위해서도 이제는 세월호를 감추려는 어둠의 세력을 가라앉혀야 할 때! 세월호 희생자들과 그 유족들과 세월호의 진상 규명을 외치는 광장을 향해 불순 세력으로 몰아붙이는 어둠의 세력들이 아직도 기승을 부리는 사회는 불행한 전체주의 독재국가임을 증거하는 짓이니 두고두고 정의의 칼날이 일어나 저들의 억울한 원혼을 풀어주게 되기를 갈망한다! 풀어주어야 한다! 그게 바로 우리가 해내어야 할 평화의 해원이다.
　　　　　　　　　　　　　　　　　　　　　　　정원도

▨ 세월호 참사 삼 주년이다. 아직도 해결되지 않은 채 세월호는 깊은 심해에 은폐되어 있다 유족들은 차가운 현실과 싸우며 광장에서 떠나지 못하고 또 한 해의 겨울을 보냈다.

공포와 싸우며 설마 구조되겠지, 마지막까지 믿었을 아이들을 생각하면 미안함과 부끄러움으로 고개를 들 수 없다. 이 무지막지한 세대를 살고 있는 어른이라는 자체만으로도 죄인일 수밖에 없다고 늘 되뇌며 그럼에도 불구하고 소소한 일상을 살아간다. 미안하다. 진심으로……

이 나라를 대표한다는 지도자는 그날 무엇을 했는지 말이 없다. 7시간의 미스터리, 이리저리 짜 맞추어 누더기가 된 시간들, 그 시간 속에 갇혀 상처투성이가 된 유가족들, 일부 몰지각한 사람들은 노란 리본이 지겹다고 한다. 참으로 냉정한 말이다. 국민을 위한 정부는 어디 소풍이라도 나간 걸까? 손바닥으로 하늘을 가린다고 하늘은 절대 가려지지 않는다는 사실을 모르는 걸까? 세월호 참사가 해결되기도 전에 최순실의 국정 농단으로 나라는 최악의 사태로 치닫고 있다. 토요일이면 광화문 광장은 성난 시민들로 가득하다. 살 만한 세상이 되길 바라는 마음 하나로 촛불은 몇 달 동안 광장을 밝혔다. 시민들은 정의가 승리하는 그날이 곧 올 거라고 굳게 믿으며 주말의 안락한 휴식을 광장에 바쳤다. 역사는 기록할 것이다. 수많은 목소리가 무엇을 원했던 것인지를, 어디선가 불어오는 훈풍을 향해 고개를 든다. 바람이 분다! 열심히 살아봐야겠다.

조미희

▨ 세월호에 탔던 안산 단원고 2학년 학생들은 내 아들이고 딸들이다. 1997년생 내 아들과 동갑내기 친구들이다. 내가 안산에 살고 있었다면, 신나게 놀 수 있다는 기대감과 난생처음 큰 배를 탄다는 설렘으로, 배를 타고 즐겁게 제주도로 내 아들도 함께 수학여행을 갔을 것이 분명하다. 어쩌면 일상을 뒤로하고 틈만 나면 팽목항으로 가서 돌아오지 못하는 아들을 기다리면서 지금도 흔들리며 바다를 바라보고 있을지도 모른다.

지금은 대학생이 되어 친구들과 재잘거리며 밤이 늦도록 어울리고, 신새벽 공기를 마시며 새로운 세상을 만끽하고 있었을, 그 아이들과 부모들을 생각하면 가슴이 애절해진다.

그날 그 큰 배가 아침에 기울어지고 뒤집어져 다 가라앉았는데, 중앙재해대책본부에 올림머리하고 마취가 덜 풀린 부스스한 얼굴로 오후 늦게 나타나, 구명조끼를 입었다는데 뭐 어쩌고저쩌고 떠들던, 그 사람은 대한민국 대통령이 아니었다.

아직도 돌아오지 못한 그대들이 돌아오는 그날까지, 세월호 참사의 진실 규명이 되는 그날까지 잊지 않기로 다시 다짐해본다.

채상근

▨ 합동분향소 주변엔 봄기운이 완연했다. 벚나무 봉오리는 다시 부풀어 오르고 있었다.

새로운 생의 시작들로 분주한 봄 풍경이 이곳에선 차라리 생경하다. 계절이 세 번 바뀌는 동안 우리가 뜨겁게 울며 매단 노란 리본과 종이학의 색은 바랬다. 의자 위에 걸쳐놓은 아이의 자주색 교복도 희끗하게 먼지가 앉았다.

미완으로 덮여버린 숱한 비극적 사건들이 과거사라는 이름으로 관념화되는데 우린 너무 익숙해진 건 아닐까? 세월호 사건 직후 온 나라가 함께 울었던 슬픔의 온도는 지금 어디쯤 와 있을까 문득 질문해본다.

최기순

▨ 노란 리본만 보아도 세월호 아이들에게 미안하기만 하다. 우리 어른들의 잘못으로 사고가 나고 아직까지도 미수습자가 남아 있기 때문이다.

참사가 일어난 지 거의 3년이다. 그런데도 아직까지 희생자들은 거리거리 떠돈다. 진상 규명은 요원하기만 하고 책임지는 사람은 없다. 물론 박근혜 정권의 잘못이 크다. 하지만 그래도 내 가슴 한켠에 짠하고 서럽고 횅한 그 무엇이 아프게 버둥거린다.

세월호 304명의 이름을 하나하나 호명해본다. 나도 모르게 눈물이 핑 돌고 절실해진다. 가래떡 썰어나가듯이 하얗게 일어나는 아이들, 꽃으로 피어나는 소리 소리들이 항적이 되고 다짐이 된다. 거기 사람이 있어요. 진실은 침몰하지 않아요.   최기종

▨ 세상을 살 만큼 살아온 사람들이 바다에 순장되었다면 아마 덜 슬프고 한스러울지 모를 일이다. 한창 피어나는 어린 사람들이, 그 꿈까지를 순전히 어른들의 잘못이나 혹은 고의적인 음모에 의하여 바다에 묻었다는 것은 어떤 대가를 치르고도 씻어지지 않는 죄가 될 것이다. 이 나라는 이 문제를 자기 부정의 과정을 통과하여 제대로 해결하지 않으면 그 역사가 앞으로 나아가지 못하고 똑같은 역사를 반복하게 될 것이다. 얼마든지 구할 수가 있었고 시간도 충분했는데 하지 않았다는 것은 어떠한 변명도 허락하지 않는 것이다.

사건이 조작된 것이라고 한다면 우리는 모두 그 조작에 가담한 공범인 것이다. 현장에서는 얼마든지 아이들을 구할 수가 있었으나 그렇게 하지 않았다는 것은 그 조작에 동조했다는 것이 된다. 나는 개인적으로 이 사건을 두고 어떤 특정인에게만 책임을 묻는 것 그 자체가 잘못된 것이라 생각한다. 이런 일에는 각자가 주체이기 때문이다. 사람의 목숨, 자신의 의사와는 상관없이 이 세상에 태어나서 이제 한창 피어나는 꿈을 간직하고 어여쁜 어린 사람들의 목숨을 구하는 일이 어느 누구의 특정한 몫이 아니기 때문이다.

대한민국 국민 모두가 죽일놈이요, 개새끼들이며, 죄인이다. 저 푸르른 하늘이 차라리 저주스럽게 느껴진다!　　　　　최종천

⬛ 2월 마지막 날, 햇살에 끌려 온기가 채 돌지 않은 풀밭에 앉았다가 우연히 마주친 봄까치꽃. 무심코 지나치면 눈에 띄지 않을 만큼 작고 가냘픈 몸짓으로 올망졸망 피어서 하늘 빛 바다 빛을 다 모아 놓고 있었다. 그렇게 봄은 누가 알아채지 않아도 이미 낮은 곳에 엎드려 앙증맞은 표정을 짓고 있었다.

눈발 치는 길에서도 입김으로 숨 불어 넣으며 기억하고 기억한 이름들도 올봄에 노랗게 필 것이다. 그 꽃들을 바라보며 황망하게 우는 사월이, 흘린 눈물로 보고 싶다고 쓰는 사월이, 불러도 고개 돌리지 않는 사월이, 한 술 뜨는 숟가락 너머의 부재가 더 가슴 치는 사월이…… 또 기가 막혀 숨을 쉬어도 심장은 숯덩이 같아질 것이다. 봄은 올해도 울렁거리며 왔다가 또 그리움만 키워놓고 갈 것이다.

섬의 사월도 버겁다. 유채꽃이 피고 목련이 피고 벚꽃이 피고…… 화사하게 피는 꽃들을 보면서도 결코 가벼워질 수 없다. 눈물을 흘리고서야 지나가는 한철 동안 마음 한켠 짓누르는 통증으로 웃어도 생생해지지 않고……

언제부터 환한 봄에 슬픔의 언저리부터 살피게 되어버렸나? 햇살 아래 머물던 시간이 너무 짧았던 아이들의 안부를 묻는 방식이 고작 이것밖에 없음을 자책하게 되는 봄이다.　　　　　홍경희

공정배 1998년 『노동해방문학』으로 작품 활동 시작. 시집으로 『모여 살기』 있음. 현재 덕소고 수석교사 및 한양대학교 문화콘텐츠학과 겸임교수.

권순자 1986년 『포항문학』으로 작품 활동 시작. 시집으로 『우목 횟집』 『검은 늪』 『낭만적인 악수』 『붉은 꽃에 대한 명상』 『순례자』 『천개의 눈물』 『Mother's Dawn』 있음.

김경훈 1992년 『통일문학 통일예술』로 작품 활동 시작. 시집으로 「삼돌이네집」 『한라산의 겨울』 있음.

김광렬 1988년 『창작과 비평』으로 작품 활동 시작. 시집으로 『가을의 詩』, 『풀잎들의 부리』 『그리움에는 바퀴가 달려 있다』 『모래마을에서』 있음.

김광철 시집으로 『애기똥풀』 『제비콩을 심으며』 있음. 현재 탈핵운동과 초록교육연대 상임대표.

김 림 2014년 『시와문화』로 작품 활동 시작. 시집으로 『꽃은 말고 뿌리를 다오』 있음.

김명신 2009년 『시로여는세상』으로 작품 활동 시작. 시집으로 『고양이 타르코프스키』 있음.

김명지 2010년 『시선』으로 작품 활동 시작.

김선향 2005년 『실천문학』으로 작품 활동 시작. 시집으로 『여자의 정면』이 있음.

김여옥 시집으로 『제자리 되찾기』 『너에게 사로잡히다』 있음.

김의현　2002년『시조세계』로 작품 활동 시작. 시조집으로『저 붉은
　　　　그늘의 힘』있음.

김이하　시집으로『내 가슴에서 날아간 UFO』『타박타박』『춘정, 火』
　　　　『눈물에 금이 갔다』있음.

김자흔　2004년『내일을 여는 작가』로 작품 활동 시작. 시집으로『고
　　　　장 난 꿈』있음.

김정원　2006년『애지』로 작품 활동 시작. 시집으로『꽃은 바람에 흔
　　　　들리며 핀다』『줄탁』『거룩한 바보』『환대』『국수는 내가 살
　　　　게』있음.

김지희　2006년『사람의 문학』으로 작품 활동 시작. 시집으로『토르
　　　　소』있음.

김진수　2007년『불교문예』, 2011년『경상일보』신춘문예(시조)로 작
　　　　품 활동 시작.

김창규　1984년『분단시대』로 작품 활동 시작. 시집으로『푸른 벌판』
　　　　『그대 진달래꽃 가슴속 깊이 물들면』『슬픔을 감추고』있음.

김채운　2010년『시에』로 작품 활동 시작. 시집『활어』있음.

김형효　1997년 김규동 시인 추천 시집으로『사람의 사막에서』로 작
　　　　품 활동 시작. 시집『사막에서 사랑을』, 산문집으로『히말라
　　　　야, 안나푸르나를 걷다』, 한러 번역시집『어느 겨울밤 이야
　　　　기』, 네팔어 시집『하늘에 있는 바다의 노래』등이 있음.

김홍춘 2013년 『시와시』로 작품 활동 시작. 시집으로 『강』 있음.

김희정 2002년 『충청일보』 신춘문예로 작품 활동 시작. 시집으로 『백년이 지나도 소리는 여전하다』 『아고라』 『아들아, 딸아 아빠는 말이야』 있음.

나해철 1982년 『동아일보』 신춘문예로 작품 활동 시작. 시집으로 『무등에 올라』 『동해일기』 『긴사랑』 『아름다운 손』 『꽃길 삼만리』 『위로』 『영원한 죄 영원한 슬픔』 있음.

맹문재 1991년 『문학정신』으로 작품 활동 시작. 시집으로 『먼 길을 움직인다』 『물고기에게 배우다』 『책이 무거운 이유』 『사과를 내밀다』 『기룬 어린 양들』 있음.

문창길 1984년 『두레시』로 작품 활동 시작. 시집으로 『철길이 희망하는 것은』 있음.

박관서 1996년 『삶 사회 그리고 문학』으로 작품 활동 시작. 시집으로 『철도원 일기』 『기차 아래 사랑법』 있음.

박광배 1984년 시선집 『시여 무기여』(실천문학사)로 작품 활동 시작. 시집으로 『나는 둥그런 게 좋다』 있음.

박금란 1998년 전태일문학상 수상으로 작품 활동 시작.

박몽구 1977년 『대화』로 작품 활동 시작. 시집으로 『자끄린드 뒤프레와 함께』 『개리 카를 들으며』 『마음의 귀』 등 있음.

박설희 2003년 『실천문학』으로 작품 활동 시작. 시집으로 『쪽문으로 드나드는 구름』 『꽃은 바퀴다』 있음.

박재웅 2010년 『분단과 통일시』로 작품 활동 시작.

방민호 1994년 『창작과비평』 제1회 신인평론상, 2001년 『현대시』로 작품 활동 시작. 시집으로 『나는 당신이 하고 싶은 말을 하고』, 세월호 시집 『내 고통은 바닷속 한 방울의 공기도 되지 못했네』 있음.

백무산 1984년『민중시』로 작품 활동 시작. 시집으로『만국의 노동자
여』『동트는 미포만의 새벽을 딛고』『인간의 시간』『길은 광
야의 것이다』『초심』『길 밖의 길』『거대한 일상』『폐허를 인
양하다』 있음.

봉윤숙 2015년『강원일보』신춘문예로 작품 활동 시작.

서안나 1990년『문학과 비평』으로 작품 활동 시작. 시집으로『푸른
수첩을 찢다』『플롯 속의 그녀들』『립스틱발달사』 있음.

성향숙 2008년『시와 반시』로 작품 활동 시작. 시집으로『엄마, 엄마
들』 있음.

안학수 『대전일보』신춘문예로 작품 활동 시작. 동시집으로『부슬비
내리던 장날』 있음.

양 원 시집으로『바다 위에 내리는 비』『의문과 질문』 있음.

양은숙 『미네르바』로 작품 활동 시작. 시집으로『달은 매일 다른 길
을 걷는다』 있음.

유경희 2004년『시와 세계』로 작품 활동 시작. 시집으로『내가 침묵
이었을 때』 있음.

유순예 2007년『시선』으로 작품 활동 시작. 시집으로『나비, 다녀가
시다』 있음.

유종순 1986년『문학과 역사』, 1988년『창작과비평』으로 작품 활동
시작. 1990년 '유요비'라는 필명으로 대중문화 평론 활동 시
작. 시집으로『고척동의 밤』, 음악평론집『노래, 세상을 바꾸
다』 있음.

윤선길 2011년『창작21』로 작품 활동 시작.

이가을 1998년『현대시학』으로 작품 활동 시작. 시집으로『저기, 꽃
       이 걸어간다』『슈퍼로 간 늑대들』있음.

이규배 시집으로『투명한 슬픔』『사랑, 그 뒤에』있음.

이승철 1983년『민의』로 작품 활동 시작. 시집으로『총알택시 안에서의
       명상』『당산철교 위에서』『그 남자는 무엇으로 사는가』있음.

이영숙 1991년『문학예술』로 작품 활동 시작. 시집으로『詩와 호박
       씨』있음.

이종형 2004년『제주작가』로 작품 활동 시작. 공동 시집으로『곶자왈
       바람 속에 묻다』있음.

이철경 2011년『발견』으로 작품 활동 시작. 시집으로『단 한 명뿐인
       세상의 모든 그녀』『죽은 사회의 시인들』있음.

임성용 2002년 전태일문학상 수상으로 작품 활동 시작. 시집으로
       『하늘공장』『풀타임』있음.

전비담 2013년 최치원신인문학상 수상으로 작품 활동 시작.

정기복 1994년『실천문학』으로 작품 활동 시작. 시집으로『어떤 청
       혼』있음.

정세훈 1989년『노동해방문학』으로 작품 활동 시작. 시집으로『손 하
       나로 아름다운 당신』『맑은 하늘을 보면』『저별을 버리지 말
       아야지』『끝내 술잔을 비우지 못하였습니다』『그 옛날 별들이
       생각났다 』『나는 죽어 저 하늘에 뿌려지지 말아라』『부평 4공
       단 여공』『몸의 중심』등 있음.

정원도 1985년『시인』으로 작품 활동 시작. 시집으로『그리운 흙』
       『귀뚜라미 생포 작전』, 동인 시집『광화문 광장에서』있음.

조길성 2006년『창작21』로 작품 활동 시작. 시집으로『징검다리 건
       너』있음.

조미희 2015년 『시인수첩』으로 작품 활동 시작.

채상근 1985년 『시인』으로 작품 활동 시작. 시집으로 『다음 열차를
　　　　기다리는 사람들』『거기 서 있는 사람 누구요』『사람이나 꽃
　　　　이나』 있음.

최기순 2001년 『실천문학』으로 작품 활동 시작. 시집으로 『음표들의
　　　　집』 있음.

최기종 1992년 『교육문예창작회』로 작품 활동 시작. 시집으로 『나무
　　　　위의 여자』『나쁜 사과』『학교에는 고래가 산다』 있음.

최종천 1986년 『세계의 문학』으로 작품 활동 시작. 시집으로 『눈물은
　　　　푸르다』『나의 밥그릇이 빛난다』『고양이의 마술』, 산문집으
　　　　로 『노동과 예술』 있음.

표성배 1995년 마창노련문학상을 받으며 작품 활동 시작. 시집으로
　　　　『아침 햇살이 그립다』『저 겨울산 너머에는』『개나리 꽃눈』
　　　　『공장은 안녕하다 』『기찬 날』『기계라도 따뜻하게』『은근히
　　　　즐거운』 등 있음.

홍경희 2006년 오누이시조공모전 장원으로 작품 활동 시작. 시집으
　　　　로 『그리움의 원근법』 있음.

분단시대 동인 30주년 기념 시집

광화문 광장에서

수록 시인

김성장 김용락

김윤현 김응교

김종인 김창규

김희식 도종환

배창환 정대호

정원도

160쪽 | 8,000원 | 2014년 11월 25일

〈분단시대〉의 역사의식과 실천 행동은 여전하다. 아직도 민족이 분단의 상황이기에, 기득권을 지키려고 분단 상황을 매카시즘의 조건으로 삼고 민중들을 억누르는 세력들이 견고하기에 맞서고 있는 것이다. 이번 시집에서 세월호의 희생자를 추모하며 노란 리본을 달고(「왜관역 노란 리본」), 참사가 일어난 봄날을 아파하고(「노란 리본」), 유족들을 둘러싼 증오와 불신과 비어들에 분노하고(「광화문 광장에서」), 사회적 반성을 기대하고(「세월호, 이후」), 팽목항의 사진을 보며 사죄하고(「팽목항의 사진을 보며」), 참사의 진상을 요구하는 유족들과 시민들을 막으려고 전경들이 차벽으로 에워싸는 모습을 비판한 것이(「성벽」) 그 모습이다.

한 세대를 품은 〈분단시대〉여, 더 높이 닻을 올려라.

한 세기를 막은 분단 시대여, 이제 그만 닻을 내려라.

— 맹문재(시인 · 안양대 교수)

푸른사상
PRUNSASANG

경기도 파주시 회동길 337-16(파주출판단지 내)
전화 031-955-9111~2 팩스 031-955-9114 email prun21c@hanmail.net

세월호 3주기 추모 시집

꽃으로 돌아오라